保健室経由、
Kaneyama Honkan
かねやま本館。
2
松素めぐり
講談社

保健室経由、かねやま本館。2

プロローグ

だって、笑ってたから。

あいつ、いつも笑ってたから。

悩《なや》みがない人間もいるんだなって、僕《ぼく》はのんきに思っていた。

「なんで……」

紫色《むらさきいろ》の暖簾《のれん》。その向こう側に消えていった、あいつの赤い髪《かみ》。

あと二センチ手を伸《の》ばせば、あいつをつかめたはずの右手が、こわばったまま小刻みに震《ふる》える。

紫色の暖簾は、けっしてのぞいてはならない。

その規則を知っていたくせに、なぜ破ってしまったんだ……？

たった今、目の前で起こったことが、どうしても理解できない。

なにが起こった？

どうして、アツは、この暖簾《のれん》をくぐったんだ？

震《ふる》える右手を、自分の口元に当てる。

落ちつけ、考えろ。

目の前で、小さなキヨがしゃがみこみ、なにかを拾いあげた。涙《なみだ》で潤《うる》んだ目で、僕《ぼく》を見上げる。

「アツのやつ、これ落としてった……」

そう言ってキヨが差し出したのは、ポケットサイズの赤いノート。

表紙には、油性マーカーで「**俺様《おれさま》のネタ帳《ちょう》**」と書かれている。角ばったいかにも男らしい、けっしてうまいとは言えない字。

「なんだ、これ……」

俺様のネタ帳……？

あいつが消えた

僕《ぼく》は、千葉尚太郎《ちばなおたろう》。

静岡県《しずおかけん》に住む、中学二年生だ。

どこにでもいる、ごくごく平凡《へいぼん》な中学生である僕が、たった今いる場所だけは、少しも平凡ではない。

ここは、「かねやま本館」。

心が疲《つか》れた中学生たちが集まる湯治場《とうじば》。

「湯治場」というのは、一定の期間滞在《たいざい》して、温泉に浸《つ》かって心身を癒《い》やす場所のことだ。ものすごく簡単に言うと「お風呂屋《ふろや》さん」ってこと。

信じてもらえないかもしれないけど、この「かねやま本館」は、全国の中学校、保健室の床下《ゆかした》にある入り口からつながっている。

なにがどうなってそうなっているのか、なにひとつ科学的には証明できない。だけどとにかく、距離《きょり》を越《こ》えて、それぞれの中学校からつながっているのだ、世にも不思議なことに。

「だーかーら、ここは異次元空間なんだよ！　わかるぅ？」

アツ――僕《ぼく》がここで出会った最初の友達は、「ここがなんなのか」という僕の疑問を、あっさりそうまとめた。

「この世には、説明できないことってあんの！　そういうことだから、悩《なや》むな悩むな！　悩むだけムダだって、な？」

「……いいよな、なにごとも深く考えないやつは、お気楽で」

僕があきれたようにそう返すと、

「うっせ！　おまえそうやって、ヒトを単純なやつみたいに言うなよ～。俺《おれ》は俺で、けっこうデリケートなのよ。アイアム、デリケートボーイ」

そう言って、上目づかいで謎《なぞ》の決めポーズをかますアツ。

「ウソつけ。どんなキャラ設定だよ」

「ちょっと笑ってたくせにぃ」

「笑ってたまるか、こんなので」

「チバさん、キビシー！」

そんなやりとりができるほど、僕《ぼく》らは親しかった。いや、親しいなんて言葉じゃ足りない。だって、僕らは「お笑いコンビ」を結成するほどの仲だったのだから。

そんな、僕の相方であるアツが、規則を破った。

規則――――。

「かねやま本館」には、**【有効期限、初来館より三十日。一日一回、五十分】**という、利用制限とともに、ふたつの規則がある。

規則その一、紫色《むらさきいろ》の暖簾《のれん》は、けっしてのぞいてはならない。

規則その二、かねやま本館の話を、元の世界でしてはならない。

この規則を破った場合、もう二度とここへ来られなくなるばかりか、ここでの記憶《きおく》をすべて失うと言われている。

そして、ここに来ている中学生はみんな、元の世界に戻《もど》ったら、お互《たが》いの顔とあだ名以外の情報を忘れてしまう。お互いの住んでいる場所や、学校名、電話番号やメールアドレスを、どんなに忘れないようにしようと思っても、思い出せなくなる。（ちなみに、スマホを持ちこんだとしても、電源が入らなくなるのでむだだ）

たとえば元の世界で待ちあわせをしようとしても、どこでいつ会う約束をしたのかが、思い出せない。顔とあだ名は思い出せるのに、会話の内容だって、個人の情報に触《ふ》れないことなら細部まで思い出せるのに。

だからこそ僕《ぼく》を含《ふく》め、ここに集《つど》う中学生たちはみんな、この規則をかたくなに守る。期限ぎりぎりまではここに来たい、というのはもちろんだけど、みんな、せめて忘れたくないのだ。もう会えないかもしれないけど、ここで過ごした大切な仲間と、時間を。

それほどまでに、「かねやま本館」は居心地《いごこち》が良《い》い場所なのだ。

アツは、ちょっと抜《ぬ》けてるし、忘れっぽい性格だ。でも、さすがのあいつも規則だけはちゃんと知っていたはず。

なのに。

僕の目の前で、アツは紫色《むらさきいろ》の暖簾《のれん》をくぐり、消えてしまった。

自ら規則を破ったのだ。

どうして。なんでアツがそんなことをしてしまったのか、わからない。

ただひとつ言えることは、最後に僕《ぼく》が見たあいつの横顔は、いつもとはまったく違《ちが》ったということ。どこか遠くを見るような、なにかを決意したような表情だった。

先週末、ここで口ゲンカをしてしまったこともあって、僕はそんなアツに、すんなり声をかけられなかった。ためらってしまった。

もっと早く声をかけていれば、止められたかもしれないのに——。

アツが、暖簾《のれん》の前に落としていった小さな赤いノート。

僕はそれを持ったまま、キヨといっしょに呆然《ぼうぜん》と休憩処《きゅうけいどころ》に向かい、座布団《ざぶとん》に並んで座《すわ》りこんだ。

キヨは「かねやま本館」にいつもいる少年だ。

小さな黒目と、一休さんみたいな坊主頭《ぼうずあたま》が特徴《とくちょう》。背丈《せたけ》は僕の胸くらいしかない。本人はなぜか年齢《ねんれい》を明かさないけど、どう見たって七、八歳《さい》。いつも小豆色《あずきいろ》の甚平《じんべい》を着ている。

ここにやってくる僕ら中学生とは違い、キヨだけは、女将《おかみ》の小夜子《さよこ》さんといっしょに「かねやま本館」にいつもいる「住人」だ。（本人は「オレはここの、館長なの！」と言い張るけど）

そんなキヨもまた、僕と同じように「アツを止められなかった」と、自分を責めているようだった。膝《ひざ》を抱《かか》えて、しょんぼりと畳《たたみ》を見つめている。

「ごくたまに、いるんだ。規則を破っちまうやつ……」

キヨが、小さな膝に顔をうずめてつぶやいた。今にも泣きだしそうな、くぐもった声。

「だけど、アツのばかやろう。なんでこんなこと……」キヨはそう言って、ぐすんと洟《はな》をすすった。

ああ、やっぱり。キヨにも、理由がわからないんだ。

先週末、アツに言ってしまった言葉が、ズキンと胸によみがえる。心にもないことを言って傷つけた。あのときの、あいつの悲しそうな顔。思い出すだけで苦しい。

僕《ぼく》が、追いつめてしまったんだろうか。もうここでの記憶《きおく》を失ってもいいと、アツがそう思ってしまうほど……。

深いため息をついて、僕はうつむいた。自分の右手に握《にぎ》られている、赤いノートの表紙を見つめる。

紫色《むらさきいろ》の暖簾《のれん》をくぐってしまった瞬間《しゅんかん》、アツのズボンのポケットから落ちた、この小さな赤いノート。

なにが書いてあるのか、気にならないわけではない。だけど、今はノートの中身よりも、アツがどういう状況《じょうきょう》なのか、本当に記憶《きおく》を失うなんてことがありえるのか、そのことで頭がいっぱいだ。

ふと背後に風を感じた。

振《ふ》りむくと、甘《あま》い花の香りとともに、女将《おかみ》の小夜子さんが立っている。

「……小夜子さん」

小夜子さんの顔を見たとたん、突然《とつぜん》わっと泣きだしたい気持ちになった。必死に、気持ちを落ちつけようと唇《くちびる》をかむ。

顔をしわくちゃにしたキヨが、「アツが、アツが」と、小夜子さんに駆《か》けよった。

小夜子さんはキヨと僕《ぼく》を交互《こうご》に見つめてから、悲しげな瞳《ひとみ》でうなずいた。

「わかってます。アツさんが規則を破ってしまわれたこと」

小夜子さんの声は、不思議なほど落ちついていた。まるで、こうなることを予想していたように。

僕はよろよろと立ちあがり、小夜子さんに近づいた。

「……規則を破ったら、本当に、記憶がなくなってしまうんですか？」

顔がこわばる。自分から聞いておきながら、小夜子さんの目が見られない。緊張《きんちょう》で、足のつま先がうずく。

そんなことありませんよ、大丈夫《だいじょうぶ》です。

どうかどうか、透《す》きとおるような優《やさ》しいその声で、そう言ってください――！

「おっしゃるとおりです」

「え……」

「チバさんのおっしゃるとおりです。残念ですが、アツさんは今もうすでに、ここでの記《き》憶《おく》をすべて失っておられます。そして……」

小夜子さんの声が小さくなった。すばやく息を吸いこみ、言葉を続ける。

「もう二度と、ここへ来ることはできません」

「そんな……」

規則を破ったらどうなるか、ちゃんと聞かされていたのに、こうしてはっきりと言われると、どうしても信じられなかった。

まさか本当に、記憶を失ってしまうなんて。

「ウソですよね、まさかそんな……」

すがるような僕《ぼく》の視線を受けとめ、小夜子さんは静かに首を横に振《ふ》った。

「残念ですが、事実です。アツさんは、ここへ来たことも、ここで過ごした時間も、今はもうすべて覚えていません。もちろん、チバさんや、私たちのこともです。最初から出会っていなかったように、なにも記憶《きおく》には残っていないんです。今はおそらく、学校の廊《ろう》下《か》に立っているでしょう。なぜ、自分はここにいるんだろうと、不思議に思いながら」

ひんやりした廊下で、ひとり立ちすくむアツの姿が頭に浮《う》かぶ。俺《おれ》、なんでここにいるんだ？　と、赤い髪《かみ》をかきながら、首をかしげて。

そんなあいつの頭の中に、もう僕《ぼく》はいない。小夜子さんもキヨも、ここで他の中学生たちと過ごした時間も、全部もう、ない……？　そんな……。

「嫌《いや》だ！　ど、どうにかならないんですか？　一回だけじゃないですか、許してもらえませんか？　あいつきっと、ぼうっとしてまちがえちゃっただけなんですよ！　本当は男湯の暖簾《のれん》くぐるつもりが、うっかりまちがえて。だから、ねえ、小夜子さん。もう一度、チャンスください。記憶をなくすなんてそんなこと……」

「チバさん」

下《さ》がり眉《まゆ》の小夜子さんが、僕をまっすぐ見つめる。

「私にも、できないんです」

「え？」

「規則を破ったあとのことは、私にもどうすることもできないんです。記憶《きおく》を元に戻《もど》すことも、もう一度ここへお呼びすることも……」

「………」

言葉が出ない。

小夜子さんのことを、僕《ぼく》は神様かなんかだと思っていた。

いつも優《やさ》しくて、聡明《そうめい》で、僕らのどんな悩《なや》みも、すっぽり包みこんでくれる。

だからこそ、小夜子さんならどうにかしてくれると、心のどこかで安心していた。規則を破っても、きっとどうにかしてくれるはずだって――。

「できないんです、どうしても」

小夜子さんは、もう一度そう言った。

そんな……。

だらんと全身の力が抜《ぬ》けて、僕はその場に崩《くず》れおちた。右手から、赤いノートが畳《たたみ》にパタンと落ちる。

僕の中には、アツといっしょに過ごした時間がくっきりとあるのに、あいつの頭の中からは、それがすっぽり抜《ぬ》けてしまった？

　そんなのって……。

「チバさん。気持ちを落ちつけるためにも、まずはお湯に浸《つ》かって、温まってきてください。それから考えましょう、アツさんのことは」

　小夜子さんがそう言って、いたわるように僕《ぼく》の肩《かた》に触《ふ》れた。

　ああ、この優《やさ》しい場所を、あいつは永遠に失ったんだ。それなのに、僕だけがこうして今もここにいる。

　温泉に浸かることなんて、できるわけがない。

　あいつが永久に入れなくなったお湯に、僕だけ浸かるなんて。

「……ここにいます。鐘《かね》が鳴るまで、ずっとここに」

　ほとんど声にもならないかすれた声で、僕はそう答えた。

　小夜子さんが、なにか言おうとして、それを飲みこんだ気配がした。キヨが「でもよぉ」と嘆《なげ》くのを、小夜子さんが「キヨちゃん」と柔《やわ》らかい声で止める。

「わかりました。チバさんのしたいようにしてください。ここは、どんな過ごし方をしてもいい場所なんですから」

僕《ぼく》が顔を上げると、小夜子さんは微笑《ほほえ》んでいた。

「温かいお茶を持ってきますね」

そう言って、小夜子さんは立ちあがった。キヨは、こぼれ落ちそうなほど目に涙《なみだ》をためて、なにか言いたげに僕を見つめている。

「キヨちゃん、手伝ってくれますか？　おいしいお茶を、チバさんにいれましょう」

キヨはうなずき、ぷっくりとした小さな手《て》の甲《こう》で涙をぬぐった。そして、ちろりと僕に視線を向けてから、小夜子さんにくっついて休憩処《きゅうけいどころ》から出ていった。

僕はひとりになった。

とたんに、窓の外から雨音が強く響《ひび》いてくる。

バチバチとすさまじい、冷たい雨の音。

丸い窓の向こう側には、雨に煙《けむ》る夜の森が広がっている。

そんなことあるわけがないのに、あいつがあの雨の中にいるような気がした。

たったひとり、誰《だれ》にも傘《かさ》をさされることなく、赤い髪《かみ》をぐっしょりと濡《ぬ》らして立ちすくんでいる。そんなイメージが、痛いくらい鮮明《せんめい》に浮《う》かぶ。

「どうすればいいいんだ……」

なにか、できること。

アツが記《き》憶《おく》を失ったとしても、なにか、僕《ぼく》にできることがあるんじゃないか。

そう思った自分に、すぐに首を振《ふ》って苦笑いした。

あるわけない。だって、僕はここでのアツしか知らない。あいつの、ほんの一部しか知らないんだ。

それに、もう会えないんだとしたら、アツのことを知る術《すべ》はなにも――。

あきらめかけた僕の視界の端《はし》っこに、畳《たたみ》の上にぽつんと落ちている赤いノート。

ちょうど表紙が上になった状態で、なにかを訴《うった》えかけるように、黒い手書きの文字がせまってくる。

「**俺様《おれさま》のネタ帳《ちょう》**」

俺様の、ネタ帳……？

アツが、なにを思い、どんな日々を送っていたのか、なんでもいいから、少しでもいいから知りたい。そうすれば、僕にできることが見つかるかもしれない。

引きよせられるように赤いノートに手を伸《の》ばした。

そして、ゆっくりと表紙をめくる――。

「俺様《おれさま》のネタ帳《ちょう》」その一、はじまり

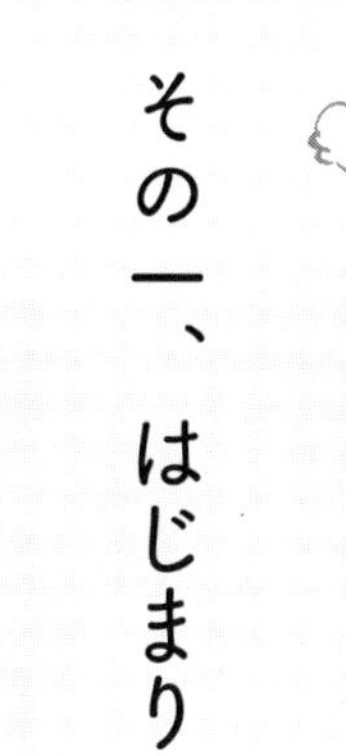

どーもー、はじめましてー！

お笑い大好き、中学二年生。漫才《まんざい》コンビ「紅白温度計《こうはくおんどけい》」のボケ担当、「赤毛のアッちゃん」といえば、この俺《おれ》。

そして、ツッコミ担当は、色白クールボーイ、チバ。相方のことは「色白のチバ」って呼んでもらえればうれしいです。今日はぜひ、名前だけでも覚えて帰ってください～！

さてさて、なんで俺がこうして個人のネタ帳を書きはじめたのか、まずはその説明からしなくちゃいけないっすよね。

実はですね、俺の尊敬するお笑い芸人「長靴《ながぐつ》クリーニング」のツッコミ、近藤《こんどう》ショージさんが、昨夜《ゆうべ》ラジオで言ってたんですよ。

日記もネタ帳だと思って、毎日欠かさず書いてるって。おもしろかったことはもちろんだけど、つまんないことも、悲しいこととかネガティブなことも、ぜーんぶ、そこに書きこむんや〜って。

人に読まれることを意識して、なるべく語り調で書くのがポイントらしいっす。むだだと思うようなことも全部書きこむことで、新しい発想が生まれるんだとか。

つーことで、熱狂的《ねっきょうてき》な長《なが》クリ（長靴クリーニングの略称《りゃくしょう》）ファンの俺《おれ》としては、まずは真似《まね》してやってみようって思ったわけ！　もちろん、恥《は》ずかしいんで相方のチバにはないしょですけど。

え？　それでなんで俺の髪《かみ》が赤いのかって？

これはねぇ、いわゆる反抗期《はんこうき》ってやつ。わかります？　ハンコーキ。

ほら、「髪を染める」って「ハンコーキ」の教科書の一ページ目みたいなもんでしょ。基本の「き」。そこはまず押《お》さえておかないとね、俺、真面目なんで。（ここで決めポーズ、シャッキーン！）

正直言うと、ほんとはもう少し品のある「赤よりの茶色」になる予定だったんですよ。実際、購入《こうにゅう》したカラーリング剤《ざい》にはちゃんと「ロゼブラウン」って、オシャレなネーミングがついてたし。よっしゃー、これで新しい俺に変身！　って、母ちゃんがパートで出かけてる間に、家の風呂場《ふろば》で染めたわけ。なのに、髪《かみ》が傷《いた》みすぎてて色が入りやすかったのか、仕上がってみたら、まあ赤い！　え、こんな赤いの？　これは、さすがに学校でアウトじゃねぇ？　って、「ハンコーキ」らしくもなく、実はかなり動揺《どうよう》しちゃいました。テヘへ。

ま、でもそこは「ハンコーキ」。気を取り直して「赤毛のアッちゃん」として生きることにしたんですけどね！

まあ俺《おれ》の話はひとまず置いといて、突然《とつぜん》ですけど、みなさん「異世界」って信じます？なんだよ、急にオカルト話か〜い、って引かないでくださいよ。いや俺だって、その手の話はあんまり得意じゃなくて、幽霊《ゆうれい》とかＵＦＯ《ユーフォー》とか、そんなのあるわけねえじゃんって、ばかにしてたほうの人間なんですよ？

でもね、最近は、不思議なことってなんでもありえるな、って思ってます。常識じゃ考えられないような出来事って、実際ある。映画とか漫画《まんが》の世界だけじゃなくて、もうリアルに、現実世界で。

なんで俺がそう思うようになったかって？　そりゃー、実際に体験してるからですよ！

それも一度じゃない、何度も何度も。

最初はそう、この髪《かみ》を赤く染めたあの日。

俺《おれ》、なにもかもがどーでもよくなって、カラーリング剤《ざい》のツンとした匂《にお》いをまとわせながら、夕方にうろついてたんです、家、飛び出して。

ほんとは電車でも乗って、遠いところに行きたかったんですけどね。それこそ、不良の第一歩って感じじゃないっすか。でもね、俺の住んでる街って、駅まで車で三十分以上かかるし、ついでに電車は二時間に一本。金も持ってないし、結局どこにも行けねぇじゃん。かといって、近所うろついてても、らちあかねぇし。

そんで結局、たどり着いたのが学校。

笑っちゃいますよね、家出して、たどり着いた場所が「学校」かいっ！

いやいや、おまえ、どんだけ世界狭《せま》いんだよー、って。

自分でも不思議なんですけど、あの日は引きよせられるように、暗くなった校舎に足を踏《ふ》みいれたんです。まだ部活やってるやつらもいたし、校舎も開いてたんで、たぶん午後七時くらいだったんじゃないかな。

俺、ささっと中に入って、あ、そうだ、使ってない教室があったよなぁ、とりあえずあそこ行くかって、一階の「休憩室《きゅうけいしつ》」へ向かったんです。そこって、生徒なら誰《だれ》でも自由に使っていいってことになってて、自習室がわりに使うこともできる場所なんで。（まあ、実際は使ってるやつなんかひとりもいないんですけどね）

それにしても、学校って、不思議な場所ですよねぇ。時間帯によって、雰囲気《ふんいき》がまったく変わる。

廊下《ろうか》には電気がついてましたけど、蛍光灯《けいこうとう》のまぶしすぎる白が、逆に不気味でした。ワックスのかかった艶《つや》のある廊下も、昼間見るときより色が濃《こ》く感じるし。

俺《おれ》はがらーんとした廊下を、かかとをつぶした上履《うわば》きをこすらせるようにして歩きました。ポケットに手、つっこんで。

あーあ、なにもかも面倒《めんどう》くせぇ、いろんなこと全部、忘れちまいたいなぁって思いながら……。

「あれ？」

東校舎のいちばん端《はし》まで来て、立ち止まりました。

おかしい。

ないんですよ。その、「休憩室」が。

「休憩室《きゅうけいしつ》」は、東校舎一階の奥《おく》、保健室の隣《となり》にあるはず。

なのに、それがない。

「なんで……？」

代わりに、**【第二保健室】**ってプレートが突《つ》き出《で》た部屋があるんです。

そんなの聞いたことあります？　第二、保健室なんて。いやいや、いらないでしょ～、保健室二個も！

なんだよこれって舌打ちして、中をのぞいたんです。引き戸についてたガラスの小窓から。

「う、うわぁっ！」

中は電気がついているみたいで明るいけど、真っ白い煙《けむり》が充満《じゅうまん》してなにも見えない。

もしや火事!?　って俺《おれ》、焦《あせ》っちゃって。

思いっきりダーンッて開けました、その「第二保健室」の引き戸を！

そのとたん、もわぁっと白い煙に包まれて……。反射的にケホケホむせちゃったんですけど、あれ？　これがぜんぜん苦しくない！　むしろ、ほどよい湿気《しっけ》が喉《のど》にすうっとなじんで、潤《うるお》ってくる感じ。

「え？　え？　なになになに？」

両手で視界をあおぎながら中へ進むと、煙《けむり》の濃度《のうど》が薄《うす》まって、部屋の様子が少しずつ見えてきました。

なんだ、拍子《ひょうし》抜《ぬ》けするほど、ただの保健室。

窓際《まどぎわ》から並んだ、白いカーテンで仕切られたベッドスペース。薬品や備品が並んだ棚《たな》。先生専用の机と椅子《いす》。目の前には、楕円形《だえんけい》のテーブル。

そこに座《すわ》っているのは、太った白衣のオバサン……？

「いらっしゃい」

「ひぃっ！」

ビクッと背筋が伸《の》びちゃうくらい、そのオバサンが、もう～、とにかく不気味だったんです！

髪《かみ》はボッサボサだし、眼鏡は手垢《てあか》でベトベト。こっち見てニタニタ笑ってるんですけどね、そしたら口からにゅーって牙《きば》みたいな八重歯が見えて……。

あ、言っときますけど俺《おれ》、八重歯のある女子って好きなんですよ？　めっちゃかわいいじゃないですか。でも、ゴメンナサイ、このオバサンのだけは勘弁《かんべん》。だって、思いっきり黄ばんでるし。

さらにこのオバサン、手には、でっかい裁《た》ちバサミを持っていたんです。大きな白い布をジャギジャギ切っている真っ最中。おいおいおい、怖《こわ》すぎるだろ！　なんつーか、もうまさに「山姥《やまんば》」。昔話に出てくるような、あの山姥そのものなんですよ！

おまけに、部屋には白い煙《けむり》といっしょに、妙《みょう》な臭《にお》いが充満《じゅうまん》している。鉄っぽい、硫黄《いおう》っぽい、謎《なぞ》の臭い。

き、危険だ。ここは、危険だ。

頭の中にある、俺《おれ》の防衛センサーが、けたたましく鳴《な》り響《ひび》きました。

逃《に》げろ、逃げるんだ、今、すぐ、に――――！

「し、し、しつれいしましたっ！」

くるりと背を向けて、全力で逃げようとしました。

ところが、後ろから山姥に腕《うで》をつかまれちゃったんです！　ガシーッって。

「ひぃぃぃぃぃぃっ！」

俺をつかんでいるほうの手にはハサミは持っていなかったけど、逆側にはハサミをしっかり持ったまま。

お、終わった。

これで俺《おれ》の人生、ジ・エンド。ああ、まさか、こんなところで……。

そう思った瞬間《しゅんかん》、山姥《やまんば》が口を開きました。

「ちょっと休んでいきな。あんた、疲《つか》れた顔してるよ」って。

目が点、ってこーいうときに使う言葉なんっすね。まさに俺、目がテン。

「はぁ⁉」

何度も手を振《ふ》りほどこうとしたんですけど、その力がハンパじゃない。中二とはいえ、俺、男子ですよ⁉ そこそこ力あると思うんですけど、山姥はびくともしないで、俺の腕《うで》をガシッとつかんで放さない。

「疲れてるんだろ、休んでいきな」

「いやいや、大丈夫《だいじょうぶ》ですから！　は、はなしてくださいっ！」

「いいから休んでいきな」

「は、はなせっ！」

「休みな」

「……っ！」

あまりにもしつこいので、俺《おれ》、だんだん振《ふ》りほどく元気なくなっちゃって、もうそのまま力を抜《ぬ》いて、山姥《やまんば》をじろりとにらみました。

「つーか、誰《だれ》!?」

山姥は、待ってましたと言わんばかりにニタッと笑うと、持っている裁《た》ちバサミの先で、自分の胸元《むなもと》を示しました。

首から下げた名札には**【養護教諭《ようごきょうゆ》・銀山】**の文字。

「ぎんざん……?」

「かねやま、と読む」

「かねやま、先生……?」

そう、と満足そうにうなずくと、銀山《かねやま》先生は、やっと俺の腕《うで》を放して、元いた丸いテーブルに戻《もど》りました。そして、なにごともなかったかのように、白い布をまたジャギジャギ切りはじめたんです。

ええええ。なんなのこの人?

もはや俺は逃《に》げることすら忘れて、ぽっかーんと口を開けて、ただ立ちすくむのみ。

すると、布を切りながら銀山先生が言うんです。

「無理にとは言わないけどさ、ここで休んでいけば？　それとも、家に帰る？」

あんなに強く引きとめといて、無理にとは言わないけどって、むちゃくちゃすぎるだろ。

でも、銀山先生の声は妙《みょう》に温かくて、あ、なんだ、思ったよりも変な人じゃないかもって思ったんですよね。

それに、家に帰るよりはここにいたほうがマシだ。あんな家には、帰りたくない。

すっかり黙《だま》りこんでしまった俺の前で、涼《すず》しい顔で布を切り続ける銀山先生。

その様子を眺《なが》めていたら、なんでだか、さっきまでのトゲトゲした、ヤケになっていた気持ちが、ちょっと落ちついてきたんですよ。

ふと、銀山先生が立ちあがりました。そのままスタスタと窓際《まどぎわ》まで行くと、いちばん奥《おく》のベッド周りのカーテンをシャーッて開けたんです。ほら、病院とか保健室とかの、ベッドの周りをぐるってかこってある、あのカーテン。

そこにはベッドなんかなにもない。ただね、床《ゆか》にぽっかり穴が空いていて、そこから真っ白い蒸気がシューシュー音たてながら湧《わ》き出《で》てるんです。わかります？　ここだったんですよ、この部屋全体に漂《ただよ》っている、煙《けむり》の出所は！

「行ってみるかい？　床下の世界に」

銀山先生が、こっちを向いてそう言いました。

なんだよ床下《ゆかした》の世界って、ありえねーだろって、ふつうは思うと思います。ふざけてんのかよって。

だけどね、俺《おれ》、声も出ないほど驚《おどろ》いていたはずなのに、なぜかうなずいたんですよ。

「行く」って、すぐに。

なんですんなりそう言えたのか、自分でもよくわかんないけど。

たぶん、めちゃくちゃ疲《つか》れてたんですよね。「ハンコーキ」の偉大《いだい》なる第一歩を踏《ふ》み出《だ》した日だったんで、心の中は葛藤《かっとう》だらけ。

どこでもいいから行きたかったんだよなぁ、とにかく、別の場所へ。

だからきっと、呼んでもらえたと思うんですよ。

え？　誰《だれ》に、って？

それは……、「お湯」に。

ちょっとちょっと、ふざけてないって！

だから、「お湯」！　あったかい、あれですよ、水を沸騰《ふっとう》させたやつ。そうそう、カップラーメンに注ぐ、あれ。

でもね、俺《おれ》が呼ばれたのは、単なるお湯じゃあない。
なんていったたって、中学生専門の湯治場《とうじば》「かねやま本館」の「お湯」ですから！
またまたぁって、そんな顔しないでくださいよ。
さっきも言ったでしょ？　常識じゃ考えられないような出来事って、実際ある。
あ、信じてないな？
じゃあ聞いてくださいよ、俺の話を。
今から話すことは全部、現実に起きた、真実の話なんで。

その二、トージバ

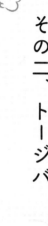

あるはずのない「第二保健室」。そこのヌシ、山姥《やまんば》のような銀山《かねやま》先生。

「行ってみるかい？　床下《ゆかした》の世界に」

そう誘《さそ》われて、すぐに俺《おれ》がうなずいたって話は、さっきしましたよね。

そしたらね、銀山先生が白くて長細い布を俺に差し出したんですよ。ついさっきまで切ってた、あの白い布の一部。

「はい、これ持っていきな。落とすんじゃないよ」

「どうも」

あたりまえのようにそれを受けとりました。

ふつうだったら、知らないオバサンから異世界へのお誘いを受けて、しかもよくわからない布を受けとったら「どうも」なんて、絶対言えないっすよね。いやー、こうして思い

かえすと、俺《おれ》、よっぽどふつうじゃない状態だったんだなぁ〜。

そんな「もうなんでも受け入れます状態」の俺は、白い布をしっかり首にかけて、床下《ゆかした》の穴の前に立ったわけです。白い蒸気がシューシュー立ちのぼる、不思議な穴の前に。

「さあ、ゆっくり休んでおいで」

背後で、銀山先生がそう言いました。

そのとたん、白い煙《けむり》がパチッと消えたんです。まるで、先生の言葉が合図だったみたいに。

クリアになった視界。

俺はドキドキしながら穴をのぞきこみ、息をのみました。

「……すっげぇぇぇぇぇぇぇぇっ!!」

穴の中は、ちょうど人がひとり通れるくらいのトンネルでした。

なめらかな木のハシゴが、ずーっと下までかかっていて、底がまったく見えない、深い深いトンネル。

ハシゴの両サイドには、障子紙でかこった四角い灯《あか》りが等間隔《とうかんかく》で並んでいて、柔《やわ》らかい明るさでハシゴを照らしてました。こういうの、なんて言うんだっけ。うーんと、そう、あれだ、ファンタジック！　女子だったらきっと「きゃ～すてき～！」って歓声《かんせい》あげているでしょう、まちがいない。

俺《おれ》はもう興奮気味に、ハシゴに足をかけました。もはや、ためらいゼロ。我ながら、すさまじい対応能力。

「行ってらっしゃい。あっちで、あんたを待ってるよ」

銀山先生の声が頭上で聞こえたときには、もう十段ほど下りていたと思います。

「誰《だれ》が？　誰が、待ってるって――？」

自分の声が、トンネルにぼわぁぁんと反響《はんきょう》して、耳に戻《もど》ってきました。

先生は俺の質問には答えずに、あの不敵な笑《え》みを浮《う》かべて、入り口の扉《とびら》を閉めました。

そのときはさすがに、えっ、閉めちゃうの⁉　って一瞬《いっしゅん》不安になったんですけど、扉が完全に閉まると、トンネルの中がいちだんと暗くなって、両サイドの灯《あか》りがますます魅力《みりょく》的《てき》に見えるんです。

「すっげぇ、きれい……」

思わず口からそうもれました。

夢でも見てんのかな。俺、死んだりしてないよな……？

人間って、あまりにも不思議な出来事が起こると、逆に冷静になっちゃうもんなんですね。俺《おれ》、そこからは、ただ黙々《もくもく》とハシゴを下りました。

トンネル内の湿度《しつど》は高くて、生暖かい蒸気が充満《じゅうまん》してて。なんか心地《ここち》いいんですよ。優《やさ》しいミストサウナみたいで。

そうそう、実は俺、閉所恐怖症《へいしょきょうふしょう》。

前に頭を軽く打って、母親に無理やり、脳のMRI検査を受けさせられたことあるんですけど（もちろん結果、なんでもなかった）あれって、狭《せま》いトンネルみたいなとこに二十分くらい、じっと横になってなきゃいけないんですよ。もーう、嫌《いや》で嫌でしょうがなくて。息が詰《つ》まってきて、苦しくなって、あと五分検査が長かったらどうにかなっちゃったんじゃないかってくらい、怖《こわ》かった。

でも、

「このトンネルはぜんぜん平気だわ……」

そうつぶやいちゃう余裕《よゆう》があるくらい、この不思議なトンネルは、圧迫感《あっぱくかん》がない。

狭いし、暗いし、ゴールがあるのかもわからない、謎《なぞ》のトンネル。

なのに、なんだろう。

妙《みょう》に落ち着くこの感じ。

（あっちで、あんたを待ってるよ）

さっき頭上で聞こえた銀山先生の声。

「誰《だれ》が待ってんだ……」

俺《おれ》なんかを。こんな俺を待ってるやつなんて、いないでしょ。

そう卑屈《ひくつ》に思いながらも、それでもちょっと期待してしまうくらい、このトンネルは不思議な魅力《みりょく》に包まれていたんですよねぇ。

それから十分くらいかな。ひたすらハシゴを下り続けていたら、足が地面に着いたんです。その地面っていうのが、最悪なことに水深十センチ！　しかも、かーなり冷たい。

もうくるぶしまで、冷水にボチャン。

「うっわぁ、なんだよこれぇ」

情けない声を出す俺の目の前には、アーチ形にくり抜《ぬ》かれたトンネルの出口。

目を見はりました。

中学校の、保健室の、床下《ゆかした》の穴を、ずっとずっと下ってきたんですよ？

なのに、

「うそだろ……」

出口の向こう側は、外。

どう見ても、屋外。

ちなみに、うちの中学、別に高台にあるわけじゃないんです。ふつうの平らな場所にある、平凡《へいぼん》な校舎。

だから、こんなことあるわけない。絶対にありえない。

瞬《まばた》きするのも忘れて、俺《おれ》は出口をくぐり抜《ぬ》けました。

すると、視界が一気に広がって、

「わぁっ……！」

あのときのことは、たぶん一生、忘れない。

こんもりとした緑に覆《おお》われた夜の森。

ドシャドシャとすさまじい勢いの、大粒《おおつぶ》の雨。あっという間に耳の奥《おく》まで全部、雨の音でふさがれました。

濡《ぬ》れた足元から、十数メートル続く飛び石。

その先に、かやぶき屋根の平屋がひっそりと建っていて、ガラス戸や窓から黄色い灯《あか》りがもれているんです。温かそうな、やわらかな灯《あか》り。

「この臭《にお》い……」

あたり一面には、保健室で漂《ただよ》っていたのと同じ、あのなんともいえない謎《なぞ》の臭いが立ちこめていました。

「どうなってんだ……？」

立ちすくむ俺《おれ》のところに、

「おーい！」

誰《だれ》かが大きな黒い傘《かさ》をさしながら、飛び石をぴょんぴょん飛《と》び越《こ》えてこっちにやってくる。

それは、甚平《じんべい》を着た、坊主頭《ぼうずあたま》の小さな男の子でした。

「よく来たな！　オレ、キヨってんだ」

いたずらそうな大きな前歯をにひっと出して、こっちを見上げる丸い黒目。

「オ」にイントネーションがある「オレ」ってわかります？　あのチビッコ独特の言いまわし。あれ、かわいいっすよね～。しかも、俺を傘に入れるために、一生懸命《いっしょうけんめい》背伸《せの》びしているんです。こんな弟いたらいいなぁーって（俺、ひとりっ子なもんで）、思わず口元緩《ゆる》んじゃいました。

「にいちゃん、足、さみぃだろ。あっち行って、あったまろう」

キヨが指をさしたのは、正面にある、かやぶき屋根の平屋。

「お、おお……」

たしかに、もう体じゅうすっかり冷え切っていたので、そのままキヨの後ろをついて飛び石を進みました。寒さがはいあがってきて、ぶるぶる震《ふる》えながら。

平屋のガラス戸の横には、大きな一枚板が打ちつけられていました。そこには、ぶっとい毛筆で書かれた**【かねやま本館】**の文字。

「かねやま……。あ！　あの先生と同じ名前じゃん！　って、おい、聞いてんのかよ!?」

「んあ？」

キヨは俺《おれ》の発言を無視して、さっさと傘《かさ》を閉じると、横の傘立てにバサッとつっこみました。

そして、入り口のガラス戸を開けて、

「小夜子《さよこ》さーん！　おきゃくさぁぁぁん！」

小夜子さん？　誰《だれ》だ、それ。もしかしてまた銀山先生みたいなオバサンが出てくるんじゃねぇだろうな？　あのキャラはひとりでお腹《なか》いっぱいだぞ、勘弁《かんべん》してくれよ……。

そう思いながらキヨに続いて玄関《げんかん》をくぐると、そこは細長い土間でした。

一段上がったところは、真ん中に囲炉裏《いろり》のある板敷《いたじ》きの広間で、その奥《おく》にかかっているのは、「男」「女」と書かれた、藍色《あいいろ》とえんじ色の暖簾《のれん》。

あ、もう、わかっちゃいました？

そう！　お風呂屋《ふろや》さんなんです、この「かねやま本館」は！

囲炉裏のある広間の右側には**紫色《むらさきいろ》の暖簾**、左側には**橙色《だいだいいろ》の暖簾**がかかっていました。

あ、ちなみにこれからいろんな色の暖簾が出てくるんで、がんばってついてきてくださいね。すごーく大事なとこなんで。

俺《おれ》、あまりにも足が寒かったので、すぐに上履《うわば》きを脱《ぬ》いで中へ駆《か》けこんで、囲炉裏のそばにしゃがみこみました。靴下《くつした》、ほっぽり投げて。

冷たくてしびれそうな両足を、火にあぶってる俺を見ながら「うひゃひゃ」ってキヨが笑うんです。

「いろんな子が来るけどよ、にいちゃんみたいにすぐに囲炉裏にあたったやつ、はじめてだ」って。

いろんな子が来るぅ？

いったいこの場所はなんなんだ……？

疑問はいくらでも湧《わ》いてくるけど、足が温まっていくにつれて、もうそんなんどうでもいいかぁって、リラックスしちゃって。ごろんって囲炉裏《いろり》の横に寝《ね》っ転《ころ》がったんです、両手広げて。

「にいちゃん、すげぇな。おもしれぇ」

横でキヨが、ぷっくりした小さな手を口に当てて、けたけた笑ってました。

ただ自由にしていただけなのに誉《ほ》められて、なーんか俺《おれ》、うれしくなっちゃいましたよ。

そのとき。

囲炉裏の右側にある、紫色《むらさきいろ》の暖簾《のれん》がふわり、と舞《ま》って。

最初に、花の香りがしました。繊細《せんさい》で、だけど華《はな》やかで、でもしつこくない。嗅《か》いだことのないような、いや、どこかで嗅いだことのあるような、きよらかな香り。

「！」

花の香りとともに、暖簾から現れたその人を見て、俺、はね起きました。

「おおっ……！」

紫色《むらさきいろ》の暖簾《のれん》から出てきたその人こそ、「かねやま本館」の女将《おかみ》、小夜子さんだったんです。

いやぁ、いるんですね。

本物の、最上級の美人って。

小夜子さんの美しさって、もうハンパじゃないんですよ！ なんて言えば伝わるのかなぁ。もう、人間じゃないみたいにきれい！ って、そんなんじゃ妖怪《ようかい》みたいか。あぁー、俺《おれ》のボキャブラリーじゃ表現できなくてもどかしいっ。

ものすごく色白で、とにかく美肌《びはだ》。澄《す》んだ目をしてて、唇《くちびる》は桜の花びらみたいで。はぁ。思い出すだけでうっとり、誰《だれ》もがぽーっと見とれちゃうような、そんな美しさ。

その小夜子さんがね、俺見て言うんです。

「いらっしゃいませ。お待ちしておりました」

お、お待ちしておりましたって！

超絶《ちょうぜつ》美人が、この俺を、お、お待ちしておったんですって――っ!!

漫画《まんが》だったら、鼻血ブッシューってぶちまけてるとこっすよ。

そこから、始まったわけです。

なにが、って？

だから、俺《おれ》の「かねやまライフ」が！

僕《ぼく》の話

ノートの文字を目で何度も追う。

（漫画《まんが》だったら、鼻血ブッシューってぶちまけてるとこっすよ）

アツはいつも、小夜子《さよこ》さんの前でデレデレと鼻の下を伸《の》ばしていた。アツのやつ、初日から小夜子さんの魅力《みりょく》にやられてたんだ。

「あいつらしいな」

思わず、ふっと笑ってしまった。

「チバさん、お茶を持ってきましたよ」

暖簾《のれん》から小夜子さんが入ってきた。手にしたお盆《ぼん》に、ガラスのティーポットとティーカップをのせている。ティーポットの中には、乾燥《かんそう》した葉っぱや花びら、小さな実のようなものが、ぎゅっと詰《つ》まっていた。

「キヨちゃんと相談して、リンデン茶にしました。ハーブティーなんです。心を落ち着ける作用があるので、今のチバさんにぴったりかと」

小夜子さんは僕《ぼく》の隣《となり》に座《すわ》ると、左手で着物の袖《そで》を押《お》さえながら、ティーポットからお茶を注いだ。淡《あわ》い黄色いお茶が、湯気をたてながらガラスのカップに流れこむ。

僕は正直、くせのある臭《にお》いが苦手でハーブティーは好きじゃない。だけど、小夜子さんが注いだそれは、蜂蜜《はちみつ》のような甘《あま》い香りがほのかにするだけで、ちっともくせがなかった。

小夜子さんが「どうぞ」とお茶を僕に勧《すす》める。

「ありがとうございます」

僕は小さな赤いノートを閉じて、そっと畳《たたみ》の上に置いた。頭を下げてカップを受けとる。息を吹《ふ》きかけて、少し冷ましてから口にした。

優《やさ》しい味。

じんわりと、心の奥《おく》に染《し》みこんでくるような、温かい優しい味だった。こくん、と飲みこむと、爽《さわ》やかな香りが喉《のど》から鼻へ抜《ぬ》けていった。こわばっていた体の力も、すうっと抜けていく。

「はぁ……」

小夜子さんの出してくれるものは、なんでもこうだ。かちかちになった体を、心を、そっとほぐしてくれる。

「チバさん。アツさんと最初に会った日のこと、覚えていますか？」

「え？」

向かい側で、同じようにリンデン茶を口にしながら、小夜子さんが優《やさ》しく微笑《ほほえ》んでいる。

僕《ぼく》は黙《だま》ってうなずいた。忘れるわけがない。

「会ってすぐでしたね。コンビを結成しようという話になったのは」

小夜子さんが遠くを見るように目を細めた。

僕たちしかいない休憩処《きゅうけいどころ》は、あいかわらず雨の音に包まれている。

アツとの話をする前に、まずは僕、千葉尚太郎《ちばなおたろう》の話をしなくちゃいけない。

実のところ、僕は学校で友達がいない。こんなこと偉《えら》そうに宣言することでもないけど、事実なのだから仕方がない。

といっても、最初からいなかったわけじゃない。

三か月前のある日を境に、僕は孤立《こりつ》したのだ。

きっかけは、ほんのささいなこと――いや、違《ちが》う。僕《ぼく》にとっては、ものすごく重要なことだった。

学校の授業の一環《いっかん》で、募金《ぼきん》を募《つの》って世界の困っている子どもたちに送ろう、ということになった。僕はその、実行委員のひとりだった。

実行委員になったので、僕は徹底的《てっていてき》に調べた。世界にはどれだけ日々を生《い》き抜《ぬ》くことに苦労している子どもたちがいるのか。百円で、どれだけの支援《しえん》ができるのか、千円だったら、一万円だったら……。今日、僕らがお菓子《かし》をひとつがまんするだけで、救える命がある。調べれば調べるほど、百円の重みを感じた。

僕は、小学生のときからためていたお年玉、総額四万八千円を、全額寄付することにした。あたりまえのように毎日ごはんが食べられて、風邪《かぜ》をひいたら病院に行けて、温かい布団《ふとん》で眠《ねむ》れる。そのことがどれだけ特別なことなのか、どれだけありがたいことなのかを思ったら、お年玉を寄付することくらい、なんてことなかった。

今思うと、そのことを「僕はこんなにしたんだ」と、誇《ほこ》らしげな気持ちがあったのかもしれない。かもしれない、じゃない。あった。たしかにそういう気持ちが。多くの金額を寄付した僕は、クラスの誰《だれ》よりも優《やさ》しい人間なのだと、意識こそしなかったけど、心のどこかで、僕《ぼく》は、きっとそう思っていたんだ。

だからあんな言葉が出てしまった。

募金《ぼきん》当日。

僕ら実行委員が抱《かか》える白い募金箱に、クラスメイトたちが家から持ってきたお金を入れる。そのとき、僕は監視《かんし》するように、ひとりひとりの持ってきた金額をチェックしていた。

斎藤《さいとう》さんは五百円。

平田《ひらた》くんは千円。

谷川《たにかわ》は三百円。

マナブは百円。

里中《さとなか》さんは七百円。

そして、根岸《ねぎし》は一円だった。

「こういうのは気持ちです。だから、みんなが自分で金額を決めてください」

担任の江口《えぐち》先生はそう言っていた。そのとおり、別にいくらだってよかったはずなのだ。だけど僕はどうしても、根岸の一円が許せなかった。根岸の家は大きくて、いつも最新のゲーム機を持っていて、金持ちだということを知っていたせいもある。

「ほーい」

ふざけた調子で、根岸が募金箱《ぼきんばこ》に一円を入れた。チャリンと音をたてることもなく、一円玉は空気のように白い箱に吸いこまれていく。

「根岸、セコッ」

「一円かよ～」

そう言ってクラスメイトたちが根岸をからかった。

「こういうのは気持ちですから～」と、江口先生の真似《まね》をして根岸がふざける。みんながぎゃはははっと笑った。そう。根岸は人気者なのだ。

僕《ぼく》は腹が立ってしょうがなかった。あんな豪邸《ごうてい》に住んでおいてなんで一円なんだと、根岸に怒《いか》りが湧《わ》いた。おまえのしているぜいたくの、ほんの一部でどれだけの子どもが救えると思ってるんだ。クラスの誰《だれ》よりも裕福《ゆうふく》な生活を送っているくせに。

がまんできなかった。どうしても、抑《おさ》えることができない感情だった。

そして、僕は言ってしまったのだ。

「悲しいやつ」

運悪く、ちょうどクラスのざわざわがおさまったタイミングだった。僕《ぼく》の声は、僕が思ったよりもずっと多くの人の耳に入った。もちろん、根岸にも。

「は?」

根岸の顔が、思いっきりゆがむ。こめかみが震《ふる》えていた。

「なんだよ、チバ。えっらそうに」

根岸は人気者だったから、みんながその意見に同意した。

たしかにチバってそういうところあるよな。

俺《おれ》も前から思ってた。

上から目線っつーか、先生っぽいつーか。

そうそう。おまえ何様なんだよって話。

神様なんじゃねぇの?

ああ、チバ様?

これからそう呼ばせていただこうぜ。

チバ様!

ほんの小さな雪玉が、転がっていくうちに大きな雪だるまになっていくように、たったひとりの人気者を敵にまわしたことで、僕《ぼく》はあっという間に嫌《きら》われ者《もの》になった。いちばんショックだったのは、僕と仲が良かったメンバーまで根岸側についたことだった。

それからは僕がなにか言うたびに、誰《だれ》かが「さすがチバ様」とつぶやいた。

日直で「起立、礼」と言っただけ、授業中に先生にさされて教科書を音読しただけ、それなのに「さすが」。必ず小声で誰かが言った。

文字にすると、とても人を傷つける言葉には感じないかもしれない。だけど、そこにははっきりとした「悪意」があった。「えらそうな僕」に対する、みんなの嫌悪感《けんおかん》がぎっしり詰《つ》まった言葉が「さすが」だった。

言われるたびに、喉元《のどもと》がぎゅっとつかまれるように苦しくなった。また言われる。そう思うと、なにをするにもびくびくしてしまう。少しずつ、でも着実に、心が小さく弱くなっていく。

そして、ついに僕は人前で発言することができなくなった。

教室の端《はし》っこでひっそりと、ひたすら本を読んで過ごした。しゃべらなくなった僕を、みんなは「いないもの」とした。

これは、イジメじゃない。

誰《だれ》かが僕《ぼく》に危害を加えてくるわけじゃない。だから、マシだ。

ネットニュースで、イジメで追いつめられたどこかの中学生の記事を見かけるたびに、僕は思った。

この子のつらさに比べたら、ぜんぜんマシ。いいんだ、これで。別にひとりでいることが嫌《きら》いなわけじゃない。本を読んでいれば時間はあっという間に過ぎていくし、むしろひとりのほうが楽だ。変に気を遣《つか》わなくていいし、また失言をしてしまうリスクもない。

だけど、本当はさみしかった。

ひとりで教室にいるのはつらかった。安心して、なんでも話せる場所が欲《ほ》しかった。

そんなとき、僕は銀山《かねやま》先生に出会ったのだ——。

放課後

その日は、文芸部の活動日だった。

活動といっても、部員は僕《ぼく》ひとりしかいない。図書室で顧問《こもん》の糸井《いとい》先生の「読んでおもしろかった本」のあらすじをひたすら聞きまくる、という時間が週に一度あるだけ。

糸井先生は来年定年を迎《むか》えるベテランの国語教師で、生徒たちからは「イトじい」と呼ばれている。けっして悪い先生ではないのだけど、とにかく話が長い。一度話しはじめると止まらないので、文芸部の活動日はいつも帰りが遅《おそ》くなってしまう。

「おっと、もうこんな時間か。日が長くなったから気づかなかったなぁ。悪い悪い、じゃあ今日はここまで」

糸井先生の言葉で、その日の文芸部の活動は終わりを迎えた。

そういえば、朝のニュースで今日は夏至《げし》だと言っていたことを思い出す。もう午後六時を過ぎているのに、外はまだ充分《じゅうぶん》明るい。

「まだ図書室にいてもいいですか。読みたい本があって」

僕《ぼく》の問いかけに「貸し出しはできんけど、ここで読むのはかまわん。先生が帰るときに鍵《かぎ》閉めとくから、自由に読みなさい」と、糸井先生は快諾《かいだく》してくれた。

本当は、読みたい本なら家にある。ただここで、時間をつぶしたかっただけだった。

ちょうど、根岸《ねぎし》たちがいる野球部が、校庭で後片付けをしているのが図書室の窓から見えていた。今帰ったら、あいつらと鉢合《はちあ》わせになってしまう。運動部がみんな引きあげるのを待ってから、ひっそりと帰りたい。

「帰るとき、電気消しといてな。あ、あと窓も閉めといてくれよ」

糸井先生はそう言って、職員室へと戻《もど》っていった。

おつかれーっす。うーっす。

ありがとうございましたーっ。

窓の外から、威勢《いせい》の良《い》い声が大きく重なって聞こえた。ざわざわとにぎやかな話し声が響《ひび》く。

僕は、何冊か本を手にとって、ぱらぱらとめくった。

本は大好きだけど、なにしろ休み時間はずっと読んでいる。さすがに今はもう、じっくり本の世界に浸《ひた》る気にはなれなかった。ぱらぱらめくり、文章を文字としてだけ受けとめる。どんな名作も、こうやってぱらぱらすると、ただの文字の羅列《られつ》になっちゃうんだな。ぼんやり思った。

そうして、完全に外が静かになるのを、ただひたすらに僕《ぼく》は待った。

いつの間にか、外は静かになっていた。

だいぶ日が落ちていた。それでも、完全な闇《やみ》にはまだ遠く、薄青《うすあお》い空には昼間の面影《おもかげ》がほんのり残っている。

校庭に誰《だれ》もいないのを確認《かくにん》してから、僕はやっと図書室を出た。

ひっそりとした廊下《ろうか》を、とぼとぼ歩く。廊下の電気はついていたけれど、どの教室も電気は消えている。

自分から残って遅《おそ》くなったくせに、忘れ物のように、僕だけがここに置き去りになってしまった気がした。

きゅう。みぞおちから変な音が出る。

お腹《なか》すいたな……。

誰《だれ》ともすれ違《ちが》うことなく昇降口《しょうこうぐち》へ向かった。

上履《うわば》きから外履きに履《は》き替《か》えようとした、そのとき。

ぎゃはははっと外から笑い声がした。

「おいなにやってんだよ根岸！」

「ありえねーだろ！　リュック忘れて帰るとか、漫画《まんが》かよ！」

わりぃわりぃ、ちょっと待っててくれよ、更衣室《こういしつ》にあるはずだからー、と笑う根岸の声と、ばたばた走ってくる足音が聞こえる。

すっと血の気が引いた。

ウソだろ。

根岸たちが、戻《もど》ってきた。

外履きを下駄箱《げたばこ》に戻し、僕《ぼく》は廊下《ろうか》を逆走した。

会いたくない。気づかれたくない。あいつらにまた、なにか言われるに決まってる。

全速力で廊下を直進し、僕は階段を駆《か》けあがった。背中の向こうから、根岸の走ってくる音が聞こえる。

男子更衣室は二階だ。必死で三階まで駆けあがる。後ろ姿で、僕ってバレませんように、そう祈《いの》りながら。

三階の廊下《ろうか》の真ん中まで来て、僕《ぼく》はやっと立ち止まった。

息がきれてぜえぜえする。喉《のど》の奥《おく》から鉄の味がした。

もう、もう帰りたいのに。

荒《あら》くなった呼吸を整えながら顔を上げた。

「……え、あ、あれ？」

どの教室も真っ暗なのに、いちばん奥の教室だけ電気がついている。中からもれる光で、廊下がそこだけ明るい。

東校舎、三階の奥は「パソコン室」のはずだ。

ずらりと並んだ机に、旧型のデスクトップパソコンが三十台ほど並んだ教室。以前はよく利用されていたようだけど、去年からノートパソコンが導入されて、パソコンの授業は教室でやるのが主流になった。そのせいで、今や「パソコン室」は、誰《だれ》も利用する人がいない、廃墟《はいきょ》ならぬ廃教室と化している。

「なんで電気がついているんだろう……」

先生が使っているのかもしれない。

だけど、おかしい。職員室にも、ひとり一台パソコンがあるはずだ。

僕《ぼく》はおそるおそる、灯《あか》りのついた教室へと近づいた。

一歩一歩近づくごとに、なんとも言えない妙《みょう》な臭《にお》いが、鼻に流れこんでくることに気づく。

なんの臭いだ……？

教室の前に立ち、僕は目を疑った。

そこには、「パソコン室」はなかった。

灰色の引き戸の上に、ゴシック体のプレートが突《つ》き出《で》ている。

【第二保健室】

「第二、保健室……？」

首をかしげ呆然《ぼうぜん》としていると、がらりと勢いよく戸が開いた。

中から、白衣を着た太ったオバサンが顔を出した。

コントに出てくる、実験に失敗した科学者みたいに、ちりちりに縮れた白い髪《かみ》。手垢《てあか》でくもった眼鏡の奥《おく》は、猫《ねこ》の爪《つめ》のように細い目。

なんだ、この人。

不気味……。

はじめて会った人に、不気味だなんて思うことは失礼だ。だけど、そうとしか表現できないほど、目の前にいるオバサンは、圧倒的《あっとうてき》に「不気味」だった。

言葉が出ず、僕《ぼく》はただ、ごくんと唾《つば》を飲みこんだ。

「……いらっしゃい。あんたを待ってたよ」

むくんだシミだらけの手が、ゆっくりと僕に向かって伸《の》びる。不敵な笑《え》みを浮《う》かべながら、オバサンは手招きをした。

さあ、中へお入り、と。

その人こそが、銀山《かねやま》先生。

そして僕は、不思議な床下《ゆかした》の世界「かねやま本館」へと、導かれたのだった——。

コンビ結成

ここでやっと、アツの話に戻《もど》れる。

僕《ぼく》が、アツとはじめて会ったのは「かねやま本館」の休憩処《きゅうけいどころ》。

僕らはともに「かねやま」に来るのは、あの日が二回目だった。

ちなみにその日、僕が呼ばれたお湯は**【納戸色《なんどいろ》の湯】**。効能は「**疑心**」だった。

誰《だれ》のことも信じられず、心を閉ざしていた僕には、ぴったりのお湯だったといえる。

ひとりで温泉に浸《つ》かり、ふらふらと休憩処に向かった僕の目に飛びこんできたのが、先にくつろいでいたアツだった。

「え……」

アツは、信じられないことに寝《ね》っ転《ころ》がっていた。しかも、右手の小指で鼻くそをほじっている。

突然《とつぜん》、休憩処《きゅうけいどころ》に入ってきた僕《ぼく》を見上げて、アツはビクッと起きあがった。

「だれ!?」

それは、こっちが聞きたい。

初日には、小夜子《さよこ》さんとキヨにしか会っていない。

キヨから「全国から中学生は来る」と説明は受けていたけれど、時間差で来るものだと思いこんでいた。僕が帰ってから、別の誰《だれ》かが来るんだろうな、と。

でも、どうやらそうではないらしい。

目の前で寝転《ねころ》がる男子は、僕と同じ空色の甚平《じんべい》を着て、髪《かみ》を赤く染めている。こう言っちゃ悪いけど、ずいぶんガラの悪そうなやつだ。

なんと答えていいかわからず、僕が口を開けてぽかんとしていると、

「こいつはチバ。アツと同じお客さん！」

いつの間にか僕の背後に立っていたキヨが、代わりに答えてくれた。

「お客!?　え、え、俺《おれ》だけじゃないの!?」

「あったりめぇだ。最初に言ったろ？　ここは中学生専門の湯治場《とうじば》だって。疲《つか》れた中学生なら、誰でもここに来られる可能性があんだ。アツってば、ぜんぜんヒトの話聞いてねぇ

んだな」

キヨの説明に「ええー？　そんなこと言ってたっけー？」と、アツが頭をかいた。がっかり感がびしびし伝わってくる。

「え、なにじゃあ、他にもいっぱい来るの？」と、アツがキヨにたずねる。

「いっぱいってわけじゃねぇけど、何人も来る。毎日な」

「うっわ、まじかぁー……」と、脱力《だつりょく》したアツがテーブルに突《つ》っぷす。

「ええー……、なんだそっかぁ。俺《おれ》だけの場所じゃないのかぁ。ショックだわぁ」

突っぷしたアツから、ため息といっしょにつぶやきがもれる。

そんなあからさまに「がっかり感」出すなよ。失礼なやつだ。

「おいチバ。座《すわ》らねぇのか？」

キヨにうながされて、仕方なく僕《ぼく》はアツの向かい側に腰《こし》を下ろした。ニコニコとご機嫌《きげん》なキヨが、アツの隣《となり》に座《すわ》る。僕はアツの態度にムッとしていたので、キヨから差し出された水を、不機嫌《ふきげん》に飲み干した。

「おにぎり、いかがですか」

暖簾《のれん》がふわりと舞《ま》いあがり、お盆《ぼん》を両手で持った小夜子さんが入ってきた。空気がぱっと明るくなる。

「うわーい！　オレお腹《なか》すいてたんだぁ」

キヨが両手をたたいて歓迎《かんげい》した。

小夜子さんがお盆《ぼん》から、群青色《ぐんじょういろ》の横長のお皿を置いた。小さな船みたいに、端《はし》っこが反りあがったお皿の上には、つやつや輝《かがや》く白いおにぎりが、きれいに四つ並んでいる。

「みんなで食べましょうか」

これはあとで気づいたことだけど、小夜子さんはなにか料理を差し入れるとき、みんなに食べさせるだけじゃなく、小夜子さん自身も食べる。ちゃんと座《すわ》って、いっしょに口にするのだ。

(同じ釜《かま》で炊《た》いたごはんを食べるのって、とっても大事だと思うんです)

いつだったか、小夜子さんはそう言っていた。

仲良くなりたい。その人を知りたい。そう思ったときは、同じ釜で炊いたごはんを、いっしょに食べるんです。おんなじものを、同じときに、同じ場所で。そうするとね、少しずつお互《たが》いのことがわかるようになるんですよ。心が開くんです、不思議とね。

今思うと、僕《ぼく》とアツが出会って少しで仲良くなれたのは、小夜子さんの「おにぎりパワー」のおかげだったのかもしれない。

「ふっげぇ、これはやばい！　超絶《ちょうぜつ》うまい」

熱々のおにぎりをひとくち食べて、アツが声をあげた。

「だろ？」

キヨが満足そうにうなずき、おにぎりを頬張《ほおば》りながら、小夜子さんもうれしそうに微笑《ほほえ》む。

「……すごい」

僕《ぼく》も思わずそうなった。

それはもう、とびきりに——とんでもなくおいしかった。

ごはんと塩だけの、海苔《のり》も巻いてないシンプルなおにぎり。控《ひか》えめなしょっぱさと、炊《た》きたてのごはんのほどよい甘《あま》さ。舌の上でほどけていくごはん粒《つぶ》は、一粒一粒が「生きてるぞー！」と声を発しているんじゃないかと思うほど、生き生きしている。

口の中に、喉《のど》に、胃に、ぽっと灯《あか》りがともっていく。「かねやま本館」の温《ぬく》もりを、そのまま体に取りこむように、体の奥《おく》から、じんわりと、でも確実にエネルギーが湧《わ》いてくる。

なんだこれ。こんな「食べもの」、人生初だ。

「……あの、なんか入ってます？」

僕《ぼく》のつぶやきに「え？」と小夜子さんが目を丸くする。

「やばいものとか入ってないですよね。元気が出る危ないクスリとか」

ブフッと同時に吹《ふ》き出《だ》したのは、アツとキヨだった。

「入ってるわけねぇだろ～！」

「小夜子さんがそんなん入れるかよ！」

ふたりは声をそろえてげらげら笑った。

「いや、だって……」

僕は口ごもった。

ここに来るのはまだ二回目だ。

もちろん、初回があまりにも居心地《いごこち》が良かったからまた来たのだけど、それでもまだ完全にこの場所を信用しているわけではない。小夜子さんはいい人だとは思うけど、それだって単なる「印象」で、確実なものではない。

ここが夢じゃなくて現実なのかも、まだ信じられないっていうのに。

頰《ほお》をうっすら桃色《ももいろ》に染めて、小夜子さんは柔《やわ》らかな微笑《ほほえ》みを浮《う》かべた。

「チバさん、安心してください。危ないものはなにも入っていませんよ。お米と塩だけです」

小夜子さんの声が優《やさ》しすぎて、僕《ぼく》は急に申し訳なくなって、「そうですよね。わかってたんですけどすみません」と頭を下げた。

こういうところだ。僕のだめなところは。

ついよけいな一言を言ってしまう。そして、人を傷つける。

顔を上げられなくなってしまった僕に「コツがあるんですよ、チバさん」と、小夜子さんが明るい声で言ったので、僕は「え?」と顔を上げた。

「軽く、優しく、ふんわりと。けっして強く握《にぎ》らないようにするんです。おにぎりだけど、握らない。これがコツです」

「へえー! 強く握っちゃだめなんすねぇ」アツがふむふむと相づちを打つ。

「あとはあれだ」と、まだ口の中でおにぎりをもぐもぐさせているキヨが言う。

「小夜子さんの愛情がこもってるからうまいんだな」

「それだ。うまさの秘訣《ひけつ》!」

キヨに向かってアツが「シャキーン」と、人差し指を向けた。「うひゃひゃ」とキヨが口からごはん粒《つぶ》を飛ばしながら笑う。

明るいやつ。僕はまぶしい気持ちでアツを見ていた。

きっと、学校でも人気者なんだろうな。

「小夜子さんのおにぎりだもん、入ってるとしたら愛情だよな。危ないクスリ入りとか、嫌《いや》すぎるだろ！　……あ！」

突然《とつぜん》、アツがひらめいたようにテーブルに身を乗り出した。

「なあ、大喜利《おおぎり》しようぜ！　お題は、こんなおにぎりは嫌だ。それって、どんなおにぎり？」

数秒前まで大笑いしていたキヨが「大喜利ってなんだ？」と、急にきょとんとする。

「ええ～、おまえ知らないの？」とアツがおでこをがくんと上に向けた。

「大喜利っていうのはだな……、えーっと、えーっとぉ、まー、とにかくお題に対しておもしろい答えを言えばいいんだよ！　なあ、おまえはわかるよな？」

アツが急に僕《ぼく》のほうを向いたので、ビクッとした。

大喜利なら、わかる。お笑いは実は結構好きで、ネタ番組をよく見ている。

「わかるけど……」

でも、やりたいわけじゃない。僕はもごもごしながらアツから視線をはずした。

「おもしろそうですね。やりましょうか、そのオオギリ」

小夜子さんまで乗り気になってしまい、僕《ぼく》の気持ちに反して、なぜか大喜利をやる流れになってしまった。

「はい。じゃあ、はじめましょう！　こんなおにぎりは嫌《いや》だ。それって、どんなおにぎり？」

アツが仕切ると「はい！」とキヨがすぐさま手を挙げた。

「カッチカチに硬《かた》いおにぎり！」

「おおっ！　そうそう、そういうこと！　そんな感じでどんどん言ってみましょう。こういうのは勇気が大事っ」

アツがビシッと人差し指を上に向けた。その言いまわしとポーズを見て、あ、長靴《ながぐつ》クリーニングの真似《まね》してる、もしかしてファンなのかな？　と僕は思った。

キヨが再び「はい！」と手を挙げる。

「すばらしい積極性！　キヨさん、さあどうぞっ」

「海苔《のり》が糊《のり》」

「うぉ――い！　そんなのベッタベタになるわ！　ってキヨ、おまえ飲みこみ早いなぁ。いいぞいいぞ、いい感じ！」

「へへッ」

アツのツッコミに、キヨがうれしそうに鼻をこする。

「はい」

次に手を挙げたのは、まさかの小夜子さんだった。

「砂鉄おにぎり」

「おおっ！　それはイヤだ。ジャリジャリする！　ちょっと小夜子さーん、なかなかやりますねぇ。小夜子さんに1ポイント！」

小夜子さんは少女のように、くすくすとうれしそうに笑った。いつの間にポイント制になったのかは知らないけど「くっそー。オレもポイント欲《ほ》しい」と、隣《となり》で体をよじってくやしがるキヨ。

「具が生クリーム」

「食べようとすると、切ない顔で見上げてくる」

小夜子さんとキヨが交互《こうご》にどんどん手を挙げる。

その光景を見ていたら、僕《ぼく》はなんだかウズウズしてきた。お笑い好きとして、ただただ人の大喜利を黙《だま》って見ているなんて、そんなんでいいのか。いや、いいわけない。でも、恥《は》ずかしい。いや、でも……！

迷ったあげく、ついに僕《ぼく》は右手を挙げた。三人の視線が一気に僕に注がれる。

ドキドキした。たった三人の視線でも、それでも僕にとってはひさしぶりに経験する「注目度」だ。

「おおっ！　ついについに、初登場――――！」

手を挙げた僕に、アツがうれしそうに手のひらをビシッと向ける。

「さあどうぞ、お答えくださいっ！」

その横で、小夜子さんとキヨがにこにこしながら僕を見ていた。緊張《きんちょう》で口元がヒクヒクしたけど、その優《やさ》しい笑顔《えがお》に、僕は息を吸いこんだ。

左手でおにぎりを持ち、右手でそれを一粒《つぶ》つまみあげるジェスチャーをする。そして、その指先を自分の口元に持っていき、

「ぜひ一粒ずつ、お召《め》しあがりください」

できるかぎり、ダンディーな低い声で言ってみた。

今まで小夜子さんやキヨの回答に、すぐに反応していたアツが口を開けたまま黙《だま》った。

あ、やばい。ぜんぜん伝わらなかったか？　というか、思いっきりすべった……？

顔から火が出そう。もう体じゅうが燃えそうだった。ジャスチャーをしていた両手を、あわててさっと下ろした。

やばい。すべった。やばいやばいやばい。

ごめんなんでもない、今のナシで——、そう言おうとした瞬間《しゅんかん》。

わっと、その場が沸《わ》いた。

小夜子さんとキヨと、アツの笑い声が重なって、なにかの実が、ぱんと弾《はじ》けたみたいだった。

ぎゃはははははっと笑いながら、アツがツッコむ。

「そんなおにぎり、面倒《めんどう》くさくて嫌《いや》だわ！　時間どんだけかかるんだよ！　とうもろこしより面倒くせぇ！」

そのツッコミに、小夜子さんとキヨがますます笑った。キヨはお腹《なか》を抱《かか》えて笑い転げていたし、小夜子さんの目尻《めじり》には涙《なみだ》が浮《う》かんでいたほど、もう大爆笑《だいばくしょう》。

ウケた。

僕の言ったことで、みんながこんなに笑ってくれた。

僕は、なにがなんだかわからず、ぽかんと口を開けてその光景を見ていた。

うれしかった。あんなにうれしかったことって、もうないんじゃないかって思うくらい、うれしくてうれしくて、それはもう飛びあがりたいくらいに。ウケるって、こんなに幸せなんだ。

あまりに胸がいっぱいで、僕《ぼく》は座布団《ざぶとん》にへなへなと崩《くず》れおちた。

そんな僕に、アツは興奮気味に言った。

「一粒《つぶ》ずつって、よく思いつくよなぁ。すっげぇよ、おまえのセンス！　最高じゃん！」

そして、へたりこんでいた僕の両肩《りょうかた》を、思いっきりつかんだのだ。

「なあ、俺《おれ》とコンビ組まない？　ずっと探してたんだよ、おまえみたいな相方！」

どこの誰《だれ》かも知らない、はじめて会ったやつ。

しかも髪《かみ》を赤く染めて、ガラも悪い。鼻くそほじってたし、失礼な態度だし。

なのに僕は、「いいよ」と言った。少しの間もあけずに「いいよ、組もうよ」って。

人生初の「ウケた」経験のおかげで、僕の脳内にはアドレナリンが大放出してたのかもしれない。だけど、それだけじゃない。自分が言った言葉に、アツが思いきり笑ってくれて、しかもツッコんでくれた。それが、ものすごく心地《ここち》良かったのだ。

だからすぐに「やりたい」と思った。こいつとコンビが組みたいって。

「マジ⁉　よっしゃぁぁぁ！」

僕《ぼく》の返事に、アツがガッツポーズをして喜んだ。

「うわ、マジでうれしいわ！　よしよし、じゃあまずはコンビ名、決めなきゃだな」

「コンビ名？」とキヨが首をかしげる。

「おいー、おまえテレビ見たことねぇのかよ！　お笑いのチーム名みたいなもんだよ。それくらい知っといてくれよ～」

「ふうん、そんなのがあんだ、知らんかった」

「頼《たの》みますよ、キヨさん」と、あきれたようにアツが首をすぼめる。それから、僕のほうに向きなおり、

「俺《おれ》とおまえ……えーと、名前なんだっけ？」

「チバ」

「おおそうだそうだ。俺とチバの、ふたりのチーム名。うーん。なにがいいかなぁ……」

キヨがぽんと、手を打った。

「『赤毛と色白』ってのはどうだ？」

「まんまじゃねーかよ」と笑いながらアツがツッコむ。

そこではじめて、ああそうだ、僕《ぼく》は色白なんだった、と自分の頬《ほお》を触《さわ》った。小さい頃《ころ》はよく「色白ねぇ」と周りから言われていたけど、最近めっきり言われない。だから自分が色白であることを、すっかり忘れていた。

「紅白、という言葉を使ってみたらどうでしょう？　短くまとまりますよね」

小夜子さんのアドバイスに、僕とアツは同時に「いいかも」とうなずいた。

「じゃあ、『紅白』を使うことに決定！　あとはそれになにをくっつけるかだな」

紅白饅頭《まんじゅう》、紅白兄弟、紅白ボーイズ……。アツがぶつぶつと、造語をつぶやく。

「いまいちピンとこねぇな」

紅白タコス、紅白ダイヤル、紅白パジャマ、紅白……。

「……温度計、はどうかな？」

提案したのは僕だった。

「おんどけいぃ？　なんで温度？」

アツが顔をしかめて、首を曲げる。

「色だけじゃなくて、君と僕、いろいろと温度差ありそうだし」

あ。またよけいなことを言ってしまった。そう思って僕が口を閉じたとき、

「めっちゃいいじゃん、それ」

アツが目を輝《かがや》かせた。

「たしかにおまえと俺《おれ》、ぜんぜんキャラ違《ちが》う感じするもんな、温度差ありまくりっつーか。紅白、温度計かぁ。うん、いいじゃん。しっくりくる！　それだ！　俺らのコンビ名は『紅白温度計《こうはくおんどけい》』！」

そう言って、アツが立ちあがった。

大きな口でニカッと笑い、僕《ぼく》に右手を差し出す。

「よろしくな、相方！」

少し照れくさかったけど「うん」とうなずきながら、僕も立ちあがった。

差し出された手に、自分の右手を重ねる。

アツの手は、汗《あせ》で湿《しめ》ってて、しっとりというよりべったりしていた。厚くて大きい、体温の高い手。

そして僕らはがっしりと、手を握《にぎ》りあったのだった。

ノートの中身

「楽しかったですね、あのときの大喜利」

あいかわらず、小夜子《さよこ》さんはおだやかな笑《え》みを浮《う》かべていた。いつも、この微笑《ほほえ》みに救われているのに、今は無性《むしょう》に腹が立ってしまう。

なんで、なんで小夜子さんは落ち着いていられるんですか。

アツが、もう二度とここに来られないのに。

「小夜子さん」

「はい」

「小夜子さんにとって、僕《ぼく》らってなんなんですか?」

声が震《ふる》えた。こんなの、小夜子さんにぶつけるべき言葉じゃないってわかっているのに、どうしても止められない。

ほんの少し、小夜子さんの瞳《ひとみ》の奥《おく》が揺《ゆ》れた。

「それは、どういう意味でしょうか?」

僕《ぼく》は唇《くちびる》をかみ、息を吸った。

「小夜子さんが、僕らに、その……全国の疲《つか》れた中学生たちに、休息を与《あた》えてくれていることには感謝してます。だけど、本当に僕らを休ませようとしているなら、なんで規則なんか作るんですか? しかも、それを破ったら、もう二度とここに来られないし、ここでの記憶《きおく》も失うなんて、そんな罰《ばつ》を、なぜ与えるんですか? 小夜子さんにとって、僕らって、なんなんですか? ここはカフェかなんかで、僕らのことは通りすがりに寄ったお客くらいにしか思っていないんじゃないですか? だから、ここを出たらどうでもいいんだ。どこでどうなろうと、あとは各自の責任って……」

小夜子さんの形の良い《い》眉毛《まゆげ》が、すっと斜《なな》めに下がった。切なそうな、さびしそうな瞳。

「……すみません、言いすぎました」

僕が口元を押《お》さえて謝《あやま》ると、小夜子さんは、小さく微笑《ほほえ》んで首を横に振《ふ》った。

「謝る必要はありません。チバさんがそう思うのも無理はありませんから。ここには規則が存在しますし、それを破ったら罰則《ばっそく》があるのも事実です」

小夜子さんはそこまで言うと、「どうぞ温かいうちに」と、再び僕《ぼく》にお茶を勧《すす》めた。

小夜子さんを責めてしまった気まずさで、僕は目を伏《ふ》せて、そそくさとティーカップに手を伸《の》ばした。

「…………」

こんなにおいしいお茶も、アツはもう飲めないのか。

カップを握《にぎ》りしめて黙《だま》りこんだ僕に、小夜子さんはそっと口を開いた。

「チバさん。ここは、中学生に休んでもらう湯治場です、それはまちがいありません。ただ……」

「ただ……？」

まっすぐに僕を見つめる小夜子さんと目が合う。ウソのない、透《す》きとおった目だった。

「ここは、あくまでも一時的な場所です。それぞれ休憩《きゅうけい》したら、そのあとの人生は、自分の力で動かさなくちゃいけない。それは、アツさんだけじゃない、チバさんも、ここに来る子みんなが、そうしなくちゃいけないんです。ですから、私はここで得たことを、みなさんには持ち帰ってほしいと思っています。ここで経験したことを、ちゃんと自分のものにしてほしいんです。……わかりますか？」

僕《ぼく》は首を横に振《ふ》った。

よくわからない。小夜子さんはいったい、なにが言いたいんだ？

小夜子さんが、畳《たたみ》の上にある赤いノートに視線を向けた。

「わかるときが必ずきますよ。そのノートに、きっと答えがあると思います」

「このノートに……？」

小夜子さんは、ゆっくりとうなずいた。

「いつも、チバさんのほうが少し先に時間切れで、元の世界へ戻《もど》っていましたよね？　チバさんが帰ってしまった後、アツさん、いつもここで、そのノートに文章を書いていたんですよ」

「え？　僕が帰った後に？」

ここにいられるのは**【一日一回、五十分】**だけ。時間になると、除夜《じょや》の鐘《かね》のような、低音の大きな鐘の音が響《ひび》き、一瞬《いっしゅん》にして元の世界の「第二保健室」へと連れ戻される。

たしかにいつも、鐘が鳴るのは僕が先だった。だけど、僕が帰った後の時間で、アツがそんなことをしていたなんて……。

小夜子さんは、思い出すように目を細め、柔《やわ》らかに微笑《ほほえ》んだ。

「ここでノートに文章を書いたとしても、元の世界へ戻《もど》ればすべて消えてしまいます。またこちらへ戻ってきた際には、もちろん読むことができますが……。そういう決まりですが大丈夫《だいじょうぶ》ですか、と、アツさんにお伝えしたんです。でも、それでもいいから書きたいんだって、アツさんおっしゃってました。元の世界では消えてしまうとしても、書くことで自分の中になにかが残るかもしれないから、と」

そこまで話すと、小夜子さんは伏《ふ》し目《め》がちにうつむいた。長く濃《こ》いまつげが、透《す》きとおるような白い肌《はだ》に影《かげ》を落とす。

そうだったんだ……、と、僕《ぼく》はひとりごちた。ふいに喉《のど》が渇《かわ》いて、カップに残っていたお茶を飲み干すと、リンデン茶の葉っぱの香りが、鼻からすぅっと抜《ぬ》けていった。

はっとした。

そうだ、時間。

あわてて甚平《じんべい》の胸元《むなもと》から入館証を取り出し、確認《かくにん》する。

【一分】。

畳《たたみ》に置いてある赤いノートを、急いで拾いあげた。抱《だ》きしめるように、両手でぎゅっと握《にぎ》りしめる。

「また、お待ちしています」

小夜子さんの声とともに、窓の外、森の奥《おく》から鐘《かね》の音が響《ひび》いてきた。

ゴォォォォォォン

あっという間に、保健室に戻《もど》ってきてしまった。

気づいたときには「第二保健室」のベッドの上。

「おかえり」

銀山《かねやま》先生が僕《ぼく》の顔をのぞきこんでいる。

一度も温泉に浸《つ》からないまま、時間を使いきったのははじめてだ。

僕はベッドから体を起こした。右手には、しっかりと小さな赤いノートがある。

だけど、

「ない……」

表紙に書いてあるはずの、アツの字が消えている。

「**俺様《おれさま》のネタ帳《ちょう》**」と、たしかにそう書かれていたはずなのに、最初からなにも書かれていなかったように、赤いノートの表紙は、すっきりと、ただただ赤い。

ページをめくってもめくっても、つい数秒前まで読んでいたはずの文字が、どこにもない。すべて白紙。

はじめから印刷されているノートの薄《うす》い罫線《けいせん》だけが、くっきりと目にせまってくる。

僕《ぼく》の横で、銀山先生が口を開いた。

「続きを読みたいのなら、それを持って、また床下《ゆかした》の世界に行くしかないよ」

こっちの世界に持ってきたとたん、文章はすべて消えてしまう。

小夜子さんからさっきそう説明されたのに、白紙のノートを目《ま》の当《あ》たりにすると、アツとの思い出そのものが、消えてなくなってしまったみたいで胸が痛い。

「またおいで。あそこでだったら続きが読めるから」

銀山先生の言葉に、僕は、しっかりとうなずいた。

必ず行く。明日も、明後日《あさって》も。

そして、僕は翌日も「第二保健室」に足を運び「かねやま本館」へと向かったのだった。

「……チバ。今日も温泉、入らねぇのか？」

キヨが何度もそう聞いてきたけれど、僕《ぼく》は休憩処《きゅうけいどころ》から離《はな》れるつもりはない。

僕の残りの「かねやまライフ」。そのすべてを、このノートを読むためだけに使いたい。

「チバさん、どうぞ」

小夜子さんが、またリンデン茶をいれてくれた。気を利《き》かせてくれたのか、お茶だけ置くと小夜子さんはキヨを連れて休憩処を出ていった。

他の中学生は、誰《だれ》もいなかった。

ひとりぼっちの休憩処には、あいかわらず雨の音が響《ひび》いている。

リンデン茶をひとくちすすり、ズボンのポケットから赤いノートを取り出した。

白紙のままだったらどうしようと正直不安だったけれど、ちゃんと表紙には、あいつの角ばった字が記されている。

「よかった……」

姿勢を正してノートを開き、昨日読んだところまでページをめくる。

そして僕は、続きを読みはじめた――――。

その三、初入浴！

「にいちゃん、わかったか？」

キヨに長々と説明を受けて「おお」って軽く答えたんですけど、今、正直に言っちゃいます。ほんとはあのとき、俺《おれ》、「なにも理解できてない」状態でした。テヘヘ。

ここが「中学生専門の湯治場《とうじば》」で（つーか、なんだよトージバって！）、全国の中学校の保健室からつながってる。それで、自分の心にぴったり合う温泉が用意されてる？

いやいやいやいや、そんなの理解しろってほうが無理でしょ。

とりあえず、唯一《ゆいいつ》理解できたのは、ここにはふたつの規則が存在するってこと。

規則その一、紫色《むらさきいろ》の暖簾《のれん》は、けっしてのぞいてはならない。

規則その二、かねやま本館の話を、元の世界でしてはならない。

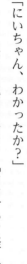

ちなみに、これを破ると、**もうここには永久に来られないし、ここでの記憶《きおく》もすべて失ってしまうらしい。**

「ここにまた来られるように、規則だけは絶対守ってくれよ。わかったか？」

キヨに、しつこいくらい念押《ねんお》しされました。

「おう！」

「大丈夫《だいじょうぶ》かよぉ。なーんか心配なんだよなぁ、にいちゃんって」

「いや大丈夫だって！　ええっと……」

ふたつの規則を口元で、もごもご復唱する俺《おれ》。紫色《むらさきいろ》の暖簾《のれん》は触《さわ》っちゃだめ。元の世界で、ここの話をするのもだめ……。ん？

「なあキヨ。これってさ、どっちを破っても同じなの？」

「あ？　どういう意味だ？」

「いやだからさ、ふたつの規則があるじゃん？　それって、どっちを破っても同じ結果になるってことなんでしょ？　ここには永久に来られなくなる」

「ん。そうだ」

「で、失うんだよな？　ここで過ごした記憶《きおく》を」

「まあそうだ。でも……細かく言うと、微妙《びみょう》に違《ちが》うんだけどな」

坊主頭《ぼうずあたま》をぽりぽりかきながら、口ごもるキヨ。

「え？　なに？」

「や、なんでもない！　とにかく規則を守ってくれれば、あとはなんにも気にしなくていいから！　まー、ひとまず入ってみてくれよ。うちの自慢《じまん》の温泉に！　この男湯の暖簾《のれん》をくぐったら、五色の暖簾が並んでっから。ほれ、その入館証の裏側に、色が塗《ぬ》ってあんだろ？　にいちゃんは、それと同じ色の暖簾をくぐって、風呂《ふろ》入ってくればいいんだ。ひとっ風呂《ぷろ》浴びたら、橙色《だいだいいろ》の暖簾に来てくれよ。オレそこで待ってっから」

「ああ、この入館証ね。え、なになに、裏側……？」

さっき小夜子《さよこ》さんにもらった入館証を、俺《おれ》、くるっとひっくり返したんですよ。

あ、そうそう、この入館証、一見カードサイズの、単なる薄《うす》い木の板なんですけどね、実は、めちゃくちゃすごい。

表に【アッ様】って書かれているんですけど、それが、最初から書いてあったわけじゃない。小夜子さんが「ここでの呼び名を決めてください」って言うんで、俺が「じゃあアツで」って答えたら、その瞬間《しゅんかん》、木の板にじゅわ～って【アッ様】って名前が浮《う》きあがったんですよ！

そこにはあだ名の他に**【有効期限、初来館より三十日。一日一回、五十分】**って書いてあって。しかもそれ、のちのちわかるんですけど、日数も時間も、ちゃんと減るんですよ。時間の経過とともに数字が減っていく。どう見ても、ただの木の板なのに。

もはや魔法《まほう》っすよ。すっごいでしょ⁉

——あ、すみません。話を戻《もど》しますね。

キヨに言われて、俺《おれ》、入館証の裏側を見たんです。

そしたら、一面が灰色っぽい、ねずみ色っぽい、なんともいえないくすんだ色に染まっていて、真ん中に**【潤色《うるみいろ》】**って白い文字で書いてある。

「うるみいろ……？」

「そ！　それと同じ色の暖簾《のれん》をくぐればいいって話！」

キヨに「ってことで、行ってらっしゃい！」って、背中を押《お》されて、

「おおおっ」

つんのめるように、「男湯」の暖簾をくぐると……、

「あ、ほんとだ」

キヨの言ったとおり、細長い廊下《ろうか》の右手側に並んでいたのは、五色の暖簾《のれん》。
手前から、
渋《しぶ》い緑の【鶯色《うぐいすいろ》】
明るい赤、【珊瑚色《さんごいろ》】
赤紫《あかむらさき》の【桑《くわ》の実色《みいろ》】
にごった灰色、【潤色《うるみいろ》】
赤みがかった黄色で【支子色《くちなしいろ》】
「むずっ」
この暖簾の名前が、全部めちゃくちゃ難しい漢字なんです。百人一首かよってくらい、むずい。……いや、百人一首にこんな色が出てくるかどうかは知らんけど。（すみません、テキトーなこと言って）
俺《おれ》、新幹線の座席を確認《かくにん》する人みたいに、入館証の裏側を見て、「うるみいろ、うるみいろ」と唱えながら、奥《おく》から二番目の暖簾の前に立ちました。
「……なんかぱっとしねぇ色だなぁ」
ぽりぽり首をかきながら、他のどの色よりも地味な【潤色】の暖簾をくぐったら、

「ガチの風呂屋《ふろや》じゃん」

中は三畳《じょう》ほどの、ごくごく一般的《いっぱんてき》な「お風呂屋さん」の脱衣所《だついじょ》でした。

正面には格子《こうし》の引き戸があって、その右側にはふたりがけの鏡台、手前には古い鉄製の扇風機《せんぷうき》が一台。

左側の棚《たな》には、上段に白いバスタオルと、空色の甚平《じんべい》、ついでに新品の下着まで置いてある。ごていねいに「ご自由にお使いください」って張り紙までついて。

「おもてなし、すげぇっ！」

これには感動しちゃいましたよ～。

ささいなことなんですけどね、タオルのたたみ方とか、そういうのが全部きちんとしてるんです。ちっとも豪華《ごうか》な脱衣所じゃない、むしろ質素なくらいなのに、女将《おかみ》さんの愛情がこもってるって感じがして。……って俺《おれ》は、トラベルサイトのライターかっ！

いや、でも冗談抜《じょうだんぬ》きに「かねやま本館」って、そういう場所なんですよね。脱衣所のタオルひとつとったって「いらっしゃい」っていう、小夜子さんの温かい気持ちが、ぎゅーっと詰《つ》まっているっていうか。

棚《たな》の下段には、からっぽのカゴがふたつ置いてあったんで、服を脱《ぬ》いでそこに突《つ》っこんで、よっしゃあ、準備完了《じゅんびかんりょう》！

そうそう、保健室で銀山《かねやま》先生からもらったあの「白い布」。

俺《おれ》、実はずっと首からかけてたんですけどね、キヨが言うには、この布が「温泉の効能」を知るために必要なアイテム、手ぬぐいなんだと。

なもんで、しっかり手ぬぐいを手に持って、ガラガラと正面の引き戸を開けたわけっす。

「おおお……！」

そこは、こぢんまりとした小さな浴場でした。

黄土色の土壁《つちかべ》に、板張りの低い天井《てんじょう》。

洗い場とかはなくて（もちろんシャワーもない！）、ただただ真ん中に、丸太で縁取《ふちど》られた四角い湯船があるだけ。そこからホットミルクのような真っ白のお湯が、誰《だれ》も入っていないのにざぶざぶとあふれ出ている！

全開になった腰高《こしだか》の窓からサァッと入ってくるのは、夜の涼《すず》やかな風。まだ強い雨は降り続いていたと思うんですけど、お湯の音にかき消されてたのかな、そういや外の音はまったく気にならなかったっすね。

アツ。

呼ばれた気がしました。

おいで、って。

いや、相手はもちろん「温泉」なんで、本当にそう言ったわけじゃないですよ？　だけどね、目の前のお湯に、たしかにそう呼ばれた「気」がしたっつーか……。

俺《おれ》、濡《ぬ》れた板張りの床《ゆか》を進み、丸太の湯船に近づきました。そろりそろり。

白いお湯から立ちのぼる温かそうな湯気、なんとも言えない硫黄《いおう》の臭《にお》い。

「んー、いいじゃん」

湯船の横に、古びたヒノキの桶《おけ》が置いてあったので、お湯をすくいとって、まずは右足の指先にかけてみることに。

「ほー、ほほう」

めちゃくちゃ熱いお湯だろうなって覚悟《かくご》してたんですけど、これが適温。

これならいける。安心して、一気に湯船にダーイブッ。

じゃっぽーん！

「ひょ――っ！　きっもちい――――っ！」

体はあっという間に芯《しん》から温まったし、やー、ほんと最高でしたよ。そんで、窓から入ってくる、雨粒《あまつぶ》を含《ふく》んだひんやりした風ね。あれが顔にあたるのが、もう、たまらなく気持ちよかったぁ～。

そうそう、窓の外から、フィーフィーってカジカガエルの鳴き声も聞こえたんですよ。え、知らないんですか？　カジカガエル。うちのじいちゃんちの田んぼに、よくいるんですけどね、やつら、ゲロゲロじゃなくて、フィーって鳴くんです、きれい～な高音で。

おごそかな気持ち、とでも言うのかな。気持ちがゆったりと鎮《しず》まっていくっつーか。

すげぇな、この温泉……。

この不思議な世界に、自分がトロンと、溶《と》けていくみたいでしたね。

——と、ここまでだったら、なんだ「ふつう」の温泉とそんなに変わんないじゃーん、って思いますよね。だけどまあ、聞いてくださいよ。

のんびりと上を向いてお湯に浸《つ》かっていて、ふと下を向いたら、

「あれ？」

さっきまでは、見事なほどに真っ白なお湯だったんですよ？

なのに、色が変わっている。

灰色？　グレー？　なんとも言えないにごったくすんだ色に、すっかり変わっていたん

です。

「ええ？　なんで？」

次の瞬間《しゅんかん》、体からゆるゆると「なにか」がお湯に溶《と》けだした感覚。あれは経験した人じゃないとわからないと思うけど、毛穴から膿《うみ》が出るような、そんな感じって言えば伝わるのかなぁ。

「な、なんだこれ……」

新感覚にゾクゾクしてたら、俺《おれ》の体から抜《ぬ》けでた「なにか」が、湯面に向かって湧《わ》きあがっていくんです。

それは、黒い湯気。

細長い黒い湯気が、俺の目の前に立ちのぼって……、

「う、うわぁ――――っ！」

黒い湯気は、みるみるうちに、髪《かみ》の長～い女の姿に。

で、出たぁーっ、幽霊《ゆうれい》！

俺、腰《こし》が抜けそうになりながらも、懸命《けんめい》に後ずさり。

え……？　で、でも、ちょっと待てよ。あ、あれ？

どこか親近感がある、このフォルム。緩《ゆる》やかなウェーブ。華奢《きゃしゃ》な肩《かた》。見慣れた形のワンピース。

「！」

息をのみました。

もはや高画質の3D映像《スリーディー》のように、くっきりと姿を現した黒い湯気の女。

「か、母ちゃん!?」

信じられないことに、湯気の女は、正真正銘《しょうしんしょうめい》、俺《おれ》の母親だったんです！

俺、反射的に手ぬぐいを首から外して、さっと体を隠《かく》しました。

なんだよこれ。なんでなんで、母ちゃんが、湯気から出てくんの!?

そんなパニック状態の俺に、透《す》きとおった黒い母親がたずねるんです。いつも俺に向ける愛情に満ちた笑顔《えがお》で、

「アッちゃん。今日はなに食べたい？」って。

「は、は、……はあ!?」

全身にゾワッと立つ鳥肌《とりはだ》。もう暑いんだか寒いんだか、わけわかんない。心臓は、ドキドキを通《とお》り越《こ》して、もうバックバク。

そしたらね、急に母親の表情がさっと変わったんです。

目を吊《つ》りあげて、口元がひくひくけいれんしだして。

思わず身構えちゃいましたよ。だって、いつもの豹変《ひょうへん》するときの、あの顔だったから。

ああ、やだやだやだ。見たくない。見たくないって!

次の瞬間《しゅんかん》、夜の闇《やみ》に響《ひび》いたのは、ヒステリックな母の怒鳴《どな》り声《ごえ》。

「うちのアッちゃんに、なんてことしてくれたのよ!」

声の振動《しんどう》で湯面に、さざ波が立ちました。

や、やめろ。やめてくれ!

俺《おれ》、目をぎゅっとつぶって、両手で自分の両耳をふさぎました。

あのとき、ちゃぽんちゃぽんって、小さな波が次々と俺の胸元《むなもと》にあたったの、なんか妙《みょう》に覚えてるんですよね。それからどれくらいたったのか、いや、一瞬だったのかもしれない。湯面が静かになったのを待って、俺はやっと手を下ろし、おそるおそる目を開いたんです。

黒い湯気の母は、もういなくなってました。

それだけじゃなくて、お湯の色はまた、真っ白に戻《もど》っていたんですよ。まるでなにごともなかったように。

「な、なんだったんだ……」

いつの間にか手から離《はな》れていた手ぬぐいが、お湯の中で踊《おど》るように揺《ゆ》れてて、俺《おれ》、呆然《ぼうぜん》とした気持ちで、それつかんで引きあげたんです。

白い手ぬぐいには、にじむような灰色の文字。

潤色の湯　効能：諦《あきら》め

「効能、諦め……」

頭によみがえったのは、さっきの黒い湯気の母。

(うちのアッちゃんに、なんてことしてくれたのよ！)

耳をふさいでも聞こえてしまうほどの、あの怒鳴《どな》り声《ごえ》。

ついさっきまでのご機嫌《きげん》な気持ちが、すっかり汚《けが》された気がして、めちゃくちゃ腹が立ちました。あー、もうなんだよこの温泉、って。

「なにが効能だよ。意味わかんねぇし」

ふざけんなよって、温泉に向かってツバ吐《は》いて、手ぬぐいをお湯にたたきつけて風呂《ふろ》からあがったんです。

「二度と入らねーよ、こんな風呂」

今思うと恥《は》ずかしいけど、そんな捨《す》て台詞《ぜりふ》まで吐いて、俺《おれ》は脱衣所《だついじょ》へと戻《もど》ったのでした。

母親

「ツバなんか吐《は》くなよ、汚《きたな》いな」

僕《ぼく》は、思わずノート相手にツッコんでしまった。

「潤色《うるみいろ》の湯、か……」

その暖簾《のれん》は、何度か見かけたことがある。だけど、僕自身《ぼくじしん》が呼ばれたことは一度もないから、中に入ったことはない。

「かねやま本館」には、「心に効く」不思議な温泉がある。その人の持つ悩《なや》みや、心に引っかかっていること、それから、その人の心の奥《おく》に潜《ひそ》む「本心」。そういうものが、黒い湯気となって姿を現すのだ。

アツがここに来て、はじめて入った温泉。

その効能が「諦《あきら》め」で、黒い湯気から現れたのが「あいつのお母さん」。しかも、ヒス

テリックに怒鳴《どな》る……。

「………」

休憩処《きゅうけいどころ》の丸い窓には、青白い顔をした僕《ぼく》の顔が映りこんでいた。外は、今日もどしゃ降り。雨の雫《しずく》が、次から次へとガラスの向こうを流れ落ちていく。

（チバの母親って、どんな人？）

ふいに、アツの声が、頭の中で響《ひび》いた。

そうだ。そうだった。

僕は一度だけ、アツと母親の話をしたことがあった——。


「……過保護すぎるんだよなぁ、俺《おれ》の母親」

休憩処でお笑いのネタを考えていたとき、突然《とつぜん》アツがつぶやくように、そう言った。

「なに？　急に」

「……いや、ちょっとさ、今日学校でいろいろあって。俺の母親ってほんと過保護だなぁって思って」

まったく困っちゃうよなぁ、と頭をかいてはいたけれど、口元は笑っていたし、そんなに深刻そうには見えなかった。

「大丈夫《だいじょうぶ》？」と僕《ぼく》が聞くと、アツは「まあたいしたことじゃねぇよ」と笑い、気持ちを切《き》り替《か》えるように顔を上げた。

「そういや、チバの母ちゃんってどんな人？」

「え？」

「おまえの母ちゃん、どんな人なんだろうなぁって思って」

アツは組んだ腕《うで》をテーブルにのせて、興味深そうに前のめりになって目を輝《かがや》かせていた。こういうところが、アツのいいところだ。楽しそうに人の話を待つ。おかげで、僕は安心して口を開くことができる。

「別に、ふつうのオバサン」

「ふつうの？」

「うん。特徴《とくちょう》のない、そこらへんによくいるようなオバサン。どっちかっていうと地味な部類に入るかな、化粧《けしょう》っ気《け》もないし」

「優《やさ》しい？」

「どうかな。声をあげて怒《おこ》ったりとかはしないけど、部屋が汚《きたな》かったりすると、ぐちぐち言ってきたりはするよ。まあでも、比較的《ひかくてき》冷静なタイプかもね。いつも変わらないテンションっていうか」

アツは「へぇ〜」と体をわずかに反らすと、うんうん、とうなずいた。

「それ、いいじゃんっ。いちばんいい」

「へ、なにが？」

話のどこを聞いて、アツが「いいじゃん」と言ったのか、意味がわからなかった。首をかしげる僕《ぼく》に、アツが答える。

「いつも変わらないテンションってとこ。それがいちばんいいって」

「そう？」

「そうだよ。女ってのは、基本ヒステリックだからなぁ〜」

「いやいや、決めつけはよくないと思うけど。っていうか、ずいぶん知ったような感じで言うね、彼女《かのじょ》いないくせに」

「うるせー、なんでわかるんだよ！　いるかもしれないだろ！」

「いない。絶対、いない」

「おいっ、決めつけてんのは、そっちじゃねーか！　そういうおまえだって、どーせ、いないだろっ！」

「……いいから早くネタ考えよ。もうすぐ鐘《かね》鳴っちゃうって」

「お、やっべ。そうだ、時間ねぇんだった。なあ、ヒステリックな彼女《かのじょ》っていうネタはどうよ？」

「あ、それ、なんかおもしろくなりそう。じゃあ、アツが女役やって。僕《ぼく》、彼氏役《かれしやく》やるから」

「いいわよ」

僕は、ご機嫌《きげん》なアツの横顔を見ながら、ごくんと唾《つば》を飲みこんでから口を開いた。

「あとさ、一個提案があるんだけど、今度からボケとツッコミ交換《こうかん》しない？　僕がツッコミで、アツがボケ。そのほうがしっくりくるような気がして……」

できるかぎりナチュラルに提案してみたけれど、内心ドキドキしていた。

アツが長靴《ながぐつ》クリーニングの近藤《こんどう》さんのファンで、ツッコミに憧《あこが》れていることは知っている。だけど、やっぱりアツのおもしろさを引き出せるのは、ボケ役なんじゃないかと思っていたのだ。

「チバ……」

アツが目を見開いたので、あ、まずかったかなと思った瞬間《しゅんかん》。

「実は俺《おれ》もそう思ってたんだよー！　だよなだよな、やっぱそのほうがしっくりくるよなぁーっ！　それでいこーぜ、俺がボケで、おまえがツッコミ！」

そう言って、アツは僕《ぼく》の肩《かた》をがっしりつかんだ。

ほっとして、僕はちょっと泣きそうになってしまったほどだったけど、たぶん、アツはそんなことには気づいてなかったはずだ。

僕らが向きあってネタを考えていると、休憩処《きゅうけいどころ》に別の中学生が入ってきた。ここでたびたび会う、黒縁《くろぶち》の眼鏡をかけた女の子。

「あ、またネタ作りしてる。どう、新作順調？　また審査《しんさ》してあげましょーか？」

「いらん、いらん。おまえの辛口審査《からくちしんさ》は」とアツが顔をしかめて、手を横に振《ふ》った。

女の子は僕らの前にドカッと座《すわ》りこみ、ひひっと笑った。

「いいから見てあげるって、遠慮《えんりょ》しない遠慮しない」

そんなふたりのやりとりを眺《なが》めながら、僕は気後《きおく》れして黙《だま》っていた。

アツ以外の子とは、僕はここでも上手に話すことができない。そんな僕とは違《ちが》い、アツはあっという間に、他の子たちとも親しくなっていた。

僕《ぼく》が風邪《かぜ》をひいて来られなかった数日をのぞけば、アツと僕の、ここへ来ている回数はほぼ同じはずだ。だけど、みんなとの距離感《きょりかん》はぜんぜん違《ちが》う。

すごいな、アツは。

学校でも、人気者なんだろうな。

まぶしく思う気持ちの中に、ほんの少し、ちりっと潜《ひそ》んでいたのは、「うらやましい」という気持ち。

いいな、アツは。悩《なや》みとかなくて。

僕は、本気でそう思っていた。

でも……、

もう一度、ノートに目線を戻《もど》す。

ヒステリックに怒鳴《どな》る、黒い湯気の母親。

両耳をふさぐほど、それを聞きたくなかったアツ。

僕が思っているよりずっと、アツは悩みを抱《かか》えていたのかもしれない。

ふうっと息を吸ってから、僕は胸元《むなもと》から入館証を取り出し、残り時間を確認《かくにん》した。

残り時間は**【三十五分】**。

うん、今日はまだ時間がある。読めるところまで読みたい。
そして、ページをめくった――。

その四、小夜子《さよこ》さんのまかない

脱衣所《だついじょ》に戻《もど》ったら、自分の脱《ぬ》いだ服がない。

ちゃんとたたんでカゴに入れたはずなのに、は？　なんで？

とりあえず脱衣所内を捜《さが》したんですけど、これが、どうしても見つからない。

「っざけんなよ、なんでねぇんだよ！」

俺《おれ》、舌打ちをしながら、仕方なく「ご自由にお使いください」の張り紙に従い、新品の下着を着けて、空色の甚平《じんべい》に袖《そで》を通しました。

母親の湯気は出てくるわ、着てきた服はなくなるわ。

「はー、もう意味わかんねぇ、なにここ」って、ぐちぐち文句を言いながら脱衣所を出て、囲炉裏《いろり》のある広間へと向かったんです。

入浴前に、キヨが口を酸《す》っぱく「**紫色**《むらさきいろ》の**暖簾**《のれん》は絶対くぐるなよ。**橙色**《だいだいいろ》の**暖簾**の奥《おく》で待ってるからな。絶対、まちがえるなよ、絶対」って言ってたんで、さすがにちゃんと橙色《だいだいいろ》のほうに行きましたよ。あんなに言われたら、ねぇ。

中は、十畳《じょう》ほどの和室でした。

横長の低いテーブルが、奥《おく》と手前にひとつずつあって、それを囲むように置いてあるのは、色とりどりの丸い座布団《ざぶとん》。

正面奥には、丸くくり抜《ぬ》かれた大きな窓があって、そこから見えるのは、灯籠《とうろう》に照らされた夜の森。外は、あいかわらず雨が降ってて、ブナの木が、強風にあおられてびゅんびゅんしなってましたね。

俺《おれ》、いちばん奥の座布団に、どかっと座《すわ》りました。「誰《だれ》もいねえし」と、あいかわらず文句を言いながら。

そしたらね、「おう、にいちゃん」って、キヨが暖簾《のれん》をくぐってこちらに来たんです。

俺の横にちょこんと座《すわ》って、「良かっただろ？　初風呂《はつぶろ》」と目を輝《かがや》かせているキヨを見たら、イライラしてた気持ちが、急速にしぼんじゃいましたよ。いや、だって、小さい子相手にキレるのって、なんかダサいじゃないっすか。

キヨは満足そうにニンマリ笑うと、テーブルの上にあったグラスに、銀の水差しから水を注ぎました。よっぽど冷たい水なのか、グラスの外側がすぐに白くもって、おお、うまそう。

「サンキュー」

そういえば喉《のど》カラカラだったんだよなぁ……と、俺《おれ》がグラスに手を伸《の》ばすと、キヨのやつ、ささっとグラスを手にとって、小さい喉をぐびぐび鳴らしながら、まさかのイッキ飲み。

ええええええ。

「俺にじゃないんかーいっ！」

ベタにズッコケちゃいましたよ。キヨのやつ、ケタケタ笑ってましたけど。

そのとき、器《うつわ》をのせたお盆《ぼん》を持って、暖簾《のれん》から小夜子さんが入ってきたんです。

「アツさん、湯加減いかがでしたか？」

「いい湯でした」

ウソこきました。なんなら、ちょっとキメ顔で。だって、相手は小夜子さんっすよ？

イライラしてお湯にツバ吐《は》きましたー、なんて言えるわけないでしょ。

「それはよかったです」

小夜子さんは微笑《ほほえ》んで、俺とキヨの前に、抹茶色《まっちゃいろ》の花びらみたいな形の器を置くと、

「胡麻豆腐《ごまどうふ》、お好きですか？」

そう言って、俺《おれ》に箸《はし》を差し出してくれました。

「お好きです」

はい、即答《そくとう》。

ほんとは胡麻豆腐、好きでも嫌《きら》いでもないけど、小夜子さんに勧《すす》められちゃあ、ねぇ。

隣《となり》で「お好きです、だって」と、キヨが吹《ふ》きだしてました。

「どうぞ、召《め》しあがってください」

いやあ、小夜子さんの胡麻豆腐は、もはや芸術っすよ。

ぷるんとした四角い胡麻豆腐に、丸く薄《うす》く切ったレモンがのってて、そこに添《そ》えてあるのは、もみじおろしと、細かく刻んだネギときゅうり。

レモンが、まるで、雨上がりに見える月のようでした。くもった空の隙間《すきま》からのぞく、満月。季節は、きっと秋だな。（まあ！　俺って、なんてロマンチスト！）

「だし醤油《しょうゆ》かけて食べんだ。うっめーぞ」

キヨが俺のほうにも醤油をかけてくれました。醤油が薬味に染《し》みこんで、それから豆腐の横からツーっと垂れて、器《うつわ》の下にたまっていく。俺、それをジーッと見つめてたらね、

「あ、潤色《うるみいろ》……」

口に出したつもりはなかったんですけど、思わずそう口走ってたみたい。

だってね、胡麻豆腐《ごまどうふ》に醬油《しょうゆ》がかかったら、ついさっき浸《つ》かった、あの忌々《いまいま》しい【潤色の湯】の色と、そっくりだったんです。灰色とも、白とも、ベージュとも言いきれない、あのにぶい色。

「そうですね、これは潤色ですね」って、小夜子さんが同意してくれました。

横でキヨは、器《うつわ》を口元につけて飲むように胡麻豆腐をすすっていました。器と口の隙間《すきま》から「うんめー」って声をもらしながら。

「おいおい、箸《はし》、使えよ」

苦笑いしながら、俺《おれ》も、自分の器に手を伸《の》ばしました。左手に、すっぽりおさまった胡麻豆腐の器。

そりゃもう、めちゃくちゃうまそうなわけ。

でもね、俺、どうしても箸をつけられなかった。

いや、別に、食べたくなかったわけじゃないんですよ？　でも「潤色」の胡麻豆腐を見てたら、さっきの風呂《ふろ》を思い出しちゃって、なんか、モヤモヤしたっつーか……。

俺《おれ》にはね、「潤色」は、「白がにごってしまった色」としか思えなかった。くすんでしまった白。汚《よご》れてしまった白。最初の美しさを失ってしまった色。

それが「潤色」なんじゃないか、って。

黒い湯気から現れた母親、それと重ねちゃってたんですよね。

言っときますけど、俺の母ちゃんは優《やさ》しい人なんですよ？　息子《むすこ》だからそう思うのかもしれないけど、でも、うん。母ちゃんは、悪い人間じゃない。

だけど、あのお湯の色が変わったように、突然《とつぜん》変わるときがある。

動物でもほら、自分の子どもを守るために気が立って、周りを攻撃《こうげき》してくる母親っているでしょ？　あれと同じ。

誰《だれ》かが俺を傷つけるんじゃないかって、いつもアンテナ張りめぐらせて。

うちのアッちゃんになにするのー、って。

いや俺もう中二ですけど、って話なんですけどね。母ちゃんにとっては、いつまでも俺が、小さいアッちゃん、守ってあげなきゃいけないアッちゃん、なんだろうな。

そんなこと考えて、胡麻豆腐《ごまどうふ》を見つめながら黙《だま》りこんでしまった俺。

ふと、小夜子さんが思いついたように口を開きました。

「そういえば、この文字には、『彩《いろど》りを添《そ》える』という意味もあるんですよ」

「彩りを、添える……？」

「もともとあったお話に彩りを添えて、おもしろく飾《かざ》りたてることを『潤色《じゅんしょく》を加える』と言うんです」

「へぇ……」

地味でくすんだ色なのに、そんな意味があったなんて。

そのとき思い出したのは、俺《おれ》の尊敬するお笑い芸人、長靴《ながぐつ》クリーニングの近藤《こんどう》さんがラジオで言ってた言葉。

(芸人の仕事って、なんてことのない話を、ちょっとスパイスかけておもしろくする。ただそれに尽《つ》きると思うねん)

近藤さんの言ってた「スパイス」と、小夜子さんの言う「潤色」。ああ、なんか似てるじゃんって思ったら、さっきよりも、潤色への抵抗感《ていこうかん》が薄《うす》れたような。

「奥《おく》が深いんすね、潤色って……」

俺がそうつぶやくと、キヨがあきれたようにこっちを見て、

「あのさぁ、どーでもいいけど早く食えって。いらないなら、オレがもらうけど」

「やらねぇよ！」

俺《おれ》はいただきますも言わずに、胡麻豆腐《ごまどうふ》をつるんとひとくち。

「う、うまっ」

もっちりとした弾力《だんりょく》。口いっぱいに広がる、ゴマの香《こう》ばしい風味。それをキュ～ッと引《ひ》き締《し》める、レモンの酸味。もみじおろしも、ぴりっと効いていい感じ。

単純じゃない、複雑な味。でも、繊細《せんさい》でていねいで……とにかく、めちゃくちゃうまいっ！

俺の箸《はし》が進むのを、キヨと小夜子さんがうれしそうな顔で見てました。

あー、なんかいいなぁ、ここ。

そう思ったとき、窓の外から、響《ひび》いてきたんです。

低い、大きな大きな鐘《かね》の音が。

ゴォォォォォォン
「え？」

あっという間の出来事。

鐘《かね》の音を聞き終えるかどうか、ほんの一瞬《いっしゅん》の間に、俺《おれ》は「第二保健室」に戻《もど》っていたんです。ベッドの上、ちゃんと布団《ふとん》までかけてあって。

しかも、信じられないことに、俺が着ていたのは、最初来たときに着ていた、黒いTシャツとジーパン。つい数秒前まで、あの空色の甚平《じんぺい》を着ていたはずなのに！

「お戻りかい」

ベッドの横から、俺の顔をのぞきこんくるのは、山姥《やまんば》のような銀山《かねやま》先生。

「え、待って待って、なんでなんでなんで？」

「今日の分は、もうおしまいだよ。さ、もう夜八時だ。急いで帰りな」

銀山先生は「本日の営業は終了《しゅうりょう》！」と、両手をパンッと合わせると「タータータタン、タータータタン……」と『蛍《ほたる》の光《ひかり》』のメロディーを口ずさみながら、俺をベッドから無理やり起こし、そのまま廊下《ろうか》へと押《お》し出《だ》したんです。ほんと無茶苦茶なんですよ、あの人。

「おいおいおい！　ちょっと待ってよ」

蛍光灯《けいこうとう》が光る夜の廊下に、ぽーんと俺を放り出して、

「入館証、持ってるだろ。またおいで」

そう言うと、銀山先生は「第二保健室」の引き戸を閉めました。ぴしゃり。

「は⁉」

声をかけた瞬間《しゅんかん》、俺《おれ》、ただただ目を見開くことしかできなかった。

だって、そこはもう「第二保健室」はなくて、【休憩室《きゅうけいしつ》】と張り紙が貼《は》られた、暗い空き教室に変わっていたんですから——。

その五、暴走

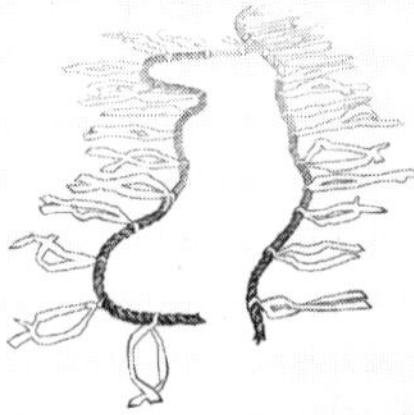

一瞬《いっしゅん》で消えた「第二保健室」の前で、立ちすくむ俺《おれ》。

やば。頭おかしくなっちゃったのかなって、まず自分を疑いましたね。あのカラーリング剤《ざい》に危ない成分でも入ってて、幻覚《げんかく》を見てたのか!? って。

でもね、ジーパンのポケットに、ちゃーんと入ってたんですよ。

薄《うす》い木の板の、あの入館証が。

（入館証、持ってるだろ。またおいで）

銀山《かねやま》先生の声が、廊下《ろうか》にまだ響《ひび》いているような気がしました。

そっか。これさえあれば、またあそこに行けるのか。

口の中に、ほんのり残っている、潤色《うるみいろ》の胡麻豆腐《ごまどうふ》の味。

潤色の意味を教えてくれた、美しく優《やさ》しい小夜子《さよこ》さん。

俺《おれ》の横で、くだらないことにいつまでもウケていた、小さいキヨ。

入館証を両手にはさんで「あざっす！」とお礼を言ってから、ポケットにしまいました。

そのとき、

「おい、そこでなにしてる」

急に声をかけられて、びくっとしました。

振《ふ》りむくと、テニス部顧問《こもん》の小金原《こがねはら》先生（通称《つうしょう》ガネセン）が立っていました。

「うお！」

俺と目が合って、びっくりしたのは相手のほうだったみたいです。

「なんだ長部《おさべ》か！ ……って、おまえその髪《かみ》どうした⁉」

「髪？ ああ……」

ガネセンは生活指導の担当でもあるんで、ふだんだったら「すぐに黒く染め直してこい！」って、怒鳴《どな》られるところなんですけど、そのときは髪色についてはなにも言わずに、

「まあいい。お母さんが心配して走りまわってるぞ、早く帰れ。見つかりましたって、先

生が家に連絡《れんらく》しとくから」

そう言って、ガネセンは職員室へと走っていきました。

母が心配して走りまわっている。

それはもちろん、想定の範囲内《はんいない》だったんですけど、ああやっぱりなって憂鬱《ゆううつ》な気分になりました。

「帰るか……」

俺《おれ》は校舎を出ました。

どこか遠くへ逃《に》げたい、って気持ちは、もうすっかりなくなってましたね。いや、だって今さっきまで行ってたし、不思議な床下《ゆかした》の世界に。

校門を出て振《ふ》りかえると、さっきいた東校舎は、もう廊下《ろうか》の電気が消えていました。不安になってポケットに手を突《つ》っこむと、指先にはちゃんと、木の札の感触《かんしょく》。

大丈夫《だいじょうぶ》だ、夢じゃない。

憂鬱な気持ちに変わりはないけど、それでも足が家に向かうのは、これがポケットにあるから。

もうすっかり真っ暗になった道の、ずっと向こうのほうから、声が聞こえました。

「アッちゃーん」

母でした。

いつもていねいに整えている髪《かみ》が、もうめちゃくちゃ。エプロンの上に、父親の変なジャケットを着ていて、よっぽど焦《あせ》って捜《さが》しまわっていたんだなって、すぐわかる格好。

ゼエゼエ言いながら俺《おれ》の前まで走ってくると、ウソだろ!? なんと涙《なみだ》を流しているんです。

「……よかった、生きてて」

「んな大げさな」

中二の男子が、ほんの数時間家を出たからって「死んだのかも」って思うなんて、どうかしてるでしょ。でも、それがうちの母ちゃん。

俺を抱《だ》きしめんばかりの勢いだったので、手で振《ふ》り払《はら》いました。さすがにそれは勘弁《かんべん》してよ。

「あら」

母が、やっと俺の髪色に気がつきました。

「いつの間に染めたの？ いい色ね、よく似合ってるじゃない」

中二の息子《むすこ》が、突然《とつぜん》髪《かみ》を赤く染めても、そんなふうに言えちゃうんだ。それもまた、母ちゃんらしいか。

だけど、そんなこと言ってほしくて染めたんじゃない。

「それより、ねえアッちゃん。どうしたの急にいなくなったりして。学校でなにかあったんでしょ？　お母さんに話してみて」

ああ、やっぱり。

この人はなにもわかっていない。

唇《くちびる》をかみながら、俺《おれ》はポケットの中の入館証を握《にぎ》りしめました。

明日、また明日あそこへ行こう。だから、今日は耐《た》えろ。

「……ちょっと散歩したかっただけだって」

「うそ。話してみて。お友達になにかされたんでしょ？　ねえ」

「だからなんでもないって。大丈夫《だいじょうぶ》だから、マジ心配いらないから」

「あ、もしかして、肩《かた》が痛むんじゃないの？　やっぱりあの子たち、アッちゃんだけ横に転ぶようにわざとしたのよ。ねえ、他にもひどいことされてるんじゃない？　なんでも話していいのよ。お母さんはアッちゃんの……」

味方。

母ちゃんの口ぐせ。

お母さんはアッちゃんの味方だから。

そう。すべてはそこから始まってる。

なんで俺《おれ》が髪《かみ》を赤く染めようと思ったのか。

どこでもいいから「逃《に》げたい」と思ったのか。

その理由に、なんにも気づいていない母親。自分がしていることが「正義」だと、ほんの少しも疑わない。

あーあ。本当は、ネタ帳にこんなこと書きたくないんだけどなぁ……。

だけど「自分に起きているなにもかも」を書き出しておくことが、ネタづくりには大事なんだって、長靴《ながぐつ》クリーニングの近藤《こんどう》さんがテレビで言ってたしな。

だから、うん。ネガティブなことも、ちゃんともらさずに書こう。


運動会を一週間後にひかえた、朝のこと。

毎年、二年生の学年競技は「ムカデ競走」に決まっているんですけど、これが結構盛りあがるんで、俺《おれ》、去年からムカデやるのを楽しみにしてたんですよ。

あ、「ムカデ競走」っていうのは、二本の長いロープにクラス全員が足首を固定して、二百メートルある校庭を一周。ゴールまで一丸となって走るっていう「二人三脚《ににんさんきゃく》の団体版」みたいなもの。全員の足並みがそろわないと、すぐバランス崩《くず》れて転んじゃうんで、これがなかなか難しい競技なんです。

クラス対抗《たいこう》で行うので、当然一位を目指すべく、俺のいる二年二組は張り切って朝練まで始めてたわけなんですけど。

「そんなことして、けがでもしたらどうするの」

まーた始まっちゃったんですよ。俺の母親の「極度の心配性《しんぱいしょう》」が。

一度「不安な気持ち」が湧《わ》きあがると、止められなくなるのが俺の母。想像力がすさまじくて、「アッちゃんが頭を打って、一生起きあがれなくなる可能性だってあるじゃない。打ちどころが悪かったら、なにが起きてもおかしくないんだから」と、もう大騒《おおさわ》ぎ。

こういうとき、去年までだったら父が「母さん、もう少し落ち着きなさい」と、やんわりおさめてくれたんだけどなぁ。今年の春から単身赴任《たんしんふにん》で海外行っちゃって、年に数回しか帰ってこられなくなっちゃったんですよ。

「あのさ、頼《たの》むから心配すんのやめてくんない？　俺《おれ》、絶対出るからね、ムカデ」

ほんとは俺、もっと頼もしい声で言いたかったのに、懇願《こんがん》するような声しか出ないなんて、はー、我ながら情けねぇ。

俺の顔を見て、母の眉毛《まゆげ》がきゅーっと下がりました。

「アッちゃんたら、そんなに出たいのね」

今まで、なにか欲《ほ》しいものをねだって、母が買ってくれなかったことってないんです。

俺の要求は、最終的には通る。

「だったら出ていいわ。お母さん、応援《おうえん》する」

応援する。

この言葉を「不気味」だと感じるようになったのは、いつからだったろう。

嫌《いや》な予感は、まんまと的中。

ムカデの朝練、いつもどこかから母が見ているんです。校庭の端《はし》っこだったり、外の通路からフェンス越《ご》しにだったり。

気にしないようにしていても、やっぱり気になっちゃうんですよ。

クラスメイトも「またあのオバチャン見にきてない？」と、気がつくようになったし。

そもそも小学校の頃《ころ》から、うちの母親の暴走っぷりは有名だったんで、「あれ、アツの母ちゃんだよ」って、すぐにバレちゃって。

こうなったらもう、祈《いの》るしかないっすよ。俺《おれ》、とにかく祈りました。

どうか、なにも起こりませんように。

母の逆鱗《げきりん》に触《ふ》れるような出来事が、起こりませんように、って。

でも、起きちゃったんです。

思わず手をぐうーっと空に伸《の》ばしたくなるような、爽《さわ》やかな青空の朝のこと。

連日の練習で「二組は優勝候補だな」って言われてたんで、俺らはますます気合が入って、どのクラスよりも早い、朝六時に集合してたんですよ。

「いちにさんしっ、せーの！」

リズミカルな掛《か》け声《ごえ》に合わせて、全員が右足から走りだし「いちにっ、いちにっ」と、声をかけあって進みました。ザッザッザッと、全員の足音がそろう音とともに、足元から舞《ま》う砂ぼこり。おー、いい調子。未《いま》だかつてなくいい調子！

校庭の真ん中を過ぎ、三度目のカーブに差しかかったとき、

「あっ」

列の前方と後方で、同時に声があがって、

「えっ」と思ったときには、俺《おれ》の前にいた人たちが前のめりに将棋倒《しょうぎだお》しになり、後ろの人たちは、尻餅《しりもち》をついて後方に倒れました。

つまりね、真ん中にいた俺を境に、前と後ろにぱっくりわかれて倒れちゃったんですよ。その拍子《ひょうし》に、バランスを崩《くず》して俺だけが真横に転んじゃって。しかも、右肩《みぎかた》から地面にダンッ、って。

「いってぇ……」

痛かったですよ、そりゃ。でも、五十秒くらい待てば消える程度の痛みっつーか。

うわー、派手に転んじゃったねぇ、と、クラスメイトのみんなが足をロープからはずし、パンパンと砂を払《はら》って立ちあがる間、右肩を押《お》さえてしゃがみこみ、痛みが過ぎ去るのをしばし待つ俺。

「アツ大丈夫《だいじょうぶ》？　肩打った？」

「大丈夫大丈夫。いや今のマジ痛かったわぁ～」

みんなから遅《おく》れて俺が立ちあがろうとしたとき、視界に入ってきたんです。赤いカーディガンを肩に羽織った母が、校庭の端《はし》から必死の形相で迫《せま》ってくるのが。

血のように真っ赤なカーディガンの袖《そで》が、まるで生きているようにはためいて、そのまま ぱっと宙に舞《ま》いました。それが地面に落ちて汚《よご》れたことなんて、母はなにひとつ気づいてなかったと思う。

あーあ、ここからはもう、思い出したくもない。

クラスメイトみんなに向かって、母が、ヒステリックに怒鳴《どな》り散《ち》らしたんです。

校庭じゅうに響《ひび》き渡《わた》るような、それはもう、すさまじい大声で。

「あんたたちなに考えてるの！　うちのアッちゃんがけがしたじゃない。責任とってちょうだいよ！　絶対に許さない！」

やー、あれは、キツかった……。

恥《は》ずかしいとか、そういう気持ちはとっくに通《とお》り越《こ》して、もうみんなに申し訳なくて、顔も上げられなかった。

担任の先生が校舎から出てきたところだったので、母の矛先《ほこさき》がすぐに先生に向かってくれたのは、それでもまだ運が良かったのかもしれないけど。

教室に戻《もど》ってからの、あの教室じゅうの、妙《みょう》な空気。

「やばくない？　長部ママ」

「ドン引きなんだけど」

「うちのアッちゃん〜だって」

「小学校のときも、ああいうことあったよね。ほら学芸会のとき」

「うちの親、長部とだけは関わるなって言ってる」

「もはやホラー映画」

「マジ怖《こわ》すぎ。鳥肌《とりはだ》立ったわ」

俺《おれ》にいちおう気を遣《つか》っていたのか、みんな声のトーンを下げてはいたけど、それでも丸聞こえ。母の再現をして、笑いをとるやつまでいて。

クラスメイトたちが、さっき起きたことを「一大事」としてとらえていることが、その空気でよーくわかりました。それはもう、痛いくらいに。

でもあのとき、いつもどおりに接してくれたやつがひとりだけ。同じテニス部の鉄太《てった》。母のことには一切《いっさい》触《ふ》れずに、「アツ、昨日の『長《なが》クリ路地裏物語《ろじうらものがたり》』見た?」って、俺の大好きなテレビ番組の話、振《ふ》ってくれて。あいついいやつなんすよ、マジで。

鉄太がいてくれなかったら、とてもじゃないけど放課後までもたなかったな。だけどやっぱり、部活には出る気にはなれなくて、サボっちゃったけど。

母ちゃんを、めちゃくちゃ困らせてやりたかった。あんなことしやがって、ふざけんな。もう今日から徹底的《てっていてき》に反抗《はんこう》してやろうって思って、それで、学校帰りにドラッグストアでカラーリング剤《ざい》買ったんです。

あとはそうだな、クラスのみんなや、先生たちへのアピールもあったかもしれないな。俺《おれ》だってあの母親で悩《なや》んでるんだよ。みんなわかってくれよ、って。

髪《かみ》染めたからって世界を変えられるわけじゃないけど、俺なりに「限界ギリギリ」って、気持ちの表明。それが、髪を染めるってことだった。

で、ここからは、最初に言いましたよね。

それが俺の、「ハンコーキ」始めようと思ったキッカケ。

まあ、結果、反抗できずじまいだったけど。

居場所

アツの髪《かみ》が赤い理由。

そうだったのか。お母さんが、そんなことを……。

ノートに黒い人影《ひとかげ》が映った。

ハッとして背後を振《ふ》りむくと、ここで数回会ったことのある黒縁眼鏡《くろぶちめがね》の女の子が立っていた。

「こんにちは」

僕《ぼく》は「ど、どうも」と曖昧《あいまい》に返事をして、そっとノートを閉じて畳《たたみ》に置いた。

彼女《かのじょ》は僕の向かい側に座《すわ》り、自分で水差しからグラスに水を注いだ。「あ、飲む？」

と、僕の分まで注いでくれる。

そういえば喉《のど》がカラカラだ。頭を軽く下げてグラスを受けとる。

ふたりで向かいあい、黙《だま》って水を飲んだ。ひんやりと冷たい水が、喉《のど》をつたって胃に流れこんだ。向かい側に座《すわ》る彼女《かのじょ》の喉も、こくりと波打つ。

休憩処《きゅうけいどころ》で、僕《ぼく》とアツはいつも漫才《まんざい》のネタ作りをしていた。そこに居合わせた数人の中学生にネタ見せをしたこともある。目の前にいる彼女も、そのときのひとりだ。

だけど、こうしてふたりきりで話すのははじめてだった。緊張《きんちょう》して、ソワソワしてしまう。

空になったグラスをテーブルに置いて、彼女が口を開いた。

「……キヨから聞いたよ。赤毛が、規則を破っちゃったって」

僕はなにも言わずにうなずいた。

「私、ふたりの漫才、ここで見られるの楽しみだったんだけどな」

そうつぶやいて、彼女は力なく笑った。

たぶん僕を気遣《きづか》って、言葉を考えながら話そうとしてくれているんだろう。なにかを言おうとしては口を閉じ、また口を開いてを繰《く》りかえし、彼女はやっと顔を上げた。

「私たちって、ほら、元の世界に戻《もど》ったら、思い出せなくなるじゃない？　お互《たが》いにまつわる、詳《くわ》しい情報」

「う、うん」

「私さ、期限が切れても、きみたちふたりがお互《たが》い、ここでのことを覚えてさえいれば、必ず会えるだろうなって思ってたんだ。世界は広いけど、きっと会えるはずだって。それで、いつか本当にお笑いで有名になるんじゃないかな、って」

「え……」

そんなふうに思ってくれていたなんて意外だった。

僕《ぼく》らがやっているお笑いなんて、しょせん中学生の、一時的な趣味《しゅみ》みたいなもんで、当然その程度のレベルだと、やっている本人である僕は思っていたから。

「あのさ」

彼女《かのじょ》が顔を上げた。

「どうにかして、赤毛を見つけだして、またお笑いやってよ。きっとできるよ、ふたりなら」

僕は、目を見開いた。

この子と僕は、今まで一度もちゃんと会話をしたことがない。

それなのに、彼女が僕らのことを、ここまで気にかけてくれている。そのことに、胸が熱くなった。

僕は、ゆっくりとうなずいた。彼女の表情が安心したように緩《ゆる》む。

「ごめんね、出しゃばって。でも私、ファンなんだ、ふたりの」

照れくさそうに、彼女《かのじょ》は笑った。その笑顔《えがお》を見ながら、彼女もまた「なにか」を背負っているんだろうと思う。

ここに来る中学生はみんな、疲《つか》れている。

休息をとりなさい、ここで休んでいきなさい、お湯にそう呼ばれてここに来ている。

アツだって、例外なんかじゃなかったんだ。

それなのに僕《ぼく》は、自分や他の子と違《ちが》って、アツだけは、ここにまぎれこんだような気がしていた。偶然《ぐうぜん》ここに来た「悩《なや》みのない」子だと。

ごめん……。

僕は畳《たたみ》の上からノートをとって、ぎゅっと握《にぎ》った。

悩みのない人間なんているわけがない。アツは「母親」に悩んでいた。

それを見せずに、明るく笑って耐《た》えていただけなんだ。


鐘《かね》が鳴った。

ゴォォォォォォン

僕《ぼく》はノートを持ったまま、「第二保健室」のベッドの上に戻《もど》ってきた。

銀山《かねやま》先生が僕の顔をのぞきこんでいる。

「おかえり」

僕は、ベッドからゆっくりと上半身を起こした。

いつもなら「早く教室へ戻りな」と急《せ》かしてくるはずの銀山先生が、なにも言ってこない。両腕《りょううで》を組んで、ただ黙《だま》って僕を眺《なが》めている。

アツの母親の「暴走」。

文章で読んだだけなのに、胸が痛かった。

中二の僕らにとって、親が学校に来るだけでも恥《は》ずかしいものがある。授業参観でも、合唱コンクールでも、来るのは勝手だけど話しかけないでね、と両親にしつこく念押《ねんお》ししてしまうほどに。

自分の母親が、同級生を、しかもクラス全員を怒鳴《どな》りつけるなんて。

アツの苦しさは、どれほどだっただろう。

話したい。アツと話したい。今まで以上にそう思った。

なにもできないかもしれない。でも、アツがつらいときに、ポンと肩《かた》をたたいてやれる距離《きょり》にいたい。

「先生」

ベッド際《ぎわ》に立っている銀山先生を見上げた。

「あいつの……、アツの居場所、教えてください」

手垢《てあか》でくもった眼鏡の奥《おく》で、銀山先生の細い目が、ますます細くなった。

「それはできない」

「お願いします」

「できない」

「お願いします！」

僕《ぼく》は頭を下げた。

「………」

しばしの沈黙《ちんもく》のあと、肩に、銀山先生の手が触《ふ》れた。そして、かすれた声で先生は言った。

「わからないんだよ、私にも」

「え……？」

僕《ぼく》は顔を上げた。

銀山先生と目が合う。いつになく真剣《しんけん》で、さびしい表情だった。

「規則を破った子の消息は、私にもわからないんだ。あの子の中学がどこで、あの子がどの誰《だれ》だったのか、私にももうわからない。床下《ゆかした》の世界の人間だって、それは同じさ」

「そんな」

「そういう決まりなんだ。仕方ない」

先生は、僕の上にかけてあった薄《うす》い布団《ふとん》を、ぱっととってたたみだした。急にお腹《なか》の上に、すうっと風が通る。先生は、僕には視線を向けずに話を続けた。

「あそこはね、一時的な避難場所《ひなんばしょ》なんだよ。わかるかい、永久にいられる場所じゃない」

「…………」

「だからこそ、覚えるんだ。正しい休息のとり方ってやつを。下手くそだからねぇ、今の子は、休むのがみんな下手くそだから」

体の力が抜《ぬ》けた。

じゃあアツは？

ちゃんとした休息を覚える前に、フェードアウトしてしまったあいつは？

規則を破った人は、もうそこでサヨナラなの？

口に出さなくても、銀山先生に僕《ぼく》の気持ちはお見通しらしい。布団《ふとん》をたたみ終わると、先生はベッドの足側にそれを置いて、僕の横に腰掛《こしか》けた。

「あんたがしっかり覚えておけばいい。それで、教えてあげればいいんだ、あの子に」

「どうやって!?」

思わず、感情的になってしまった。

「どうやって教えてあげればいいんですか!?　どこにいるのかもわからないのに。しかもアツは、僕のことも、かねやま本館のことも全部、忘れちゃってるんですよ！　記憶《きおく》を失っているのに、どうやって!?」

情けない。先生にあたるなんて。

でも、どうしていいかわからない。

銀山先生が、僕の肩《かた》をぽん、とたたくように触《ふ》れた。

「あんたもあの子も、生きているじゃないか。ここから先は、私たちにはなにもできない。でも、生きているあんたにならなんだってできる」

「え……？」

銀山先生の目は、あいかわらず細く鋭《するど》かった。でも、その目の奥《おく》から、僕《ぼく》に大切な「なにか」を伝えようとしている、強い熱意が感じられた。

先生は「私たち」と言った。複数形だ。

それはきっと、銀山先生と小夜子《さよこ》さん、そしてキヨを指しているんだろう。直感的にそうわかった。

そして、「私たちにはなにもできない」。でも「生きているあんたにならできる」。

はっきり、そう言った。

それってつまり、先生たちは――。

黙《だま》りこんだ僕に、銀山先生の低い声が降りかかる。

「有効期限は、あと何日あるんだい？」

僕は制服の胸元《むなもと》から入館証を取り出した。

【チバ様】と書かれた木の板には、有効期限**【残り一日】**の文字。

「……一日」

銀山先生は「そうかい」とうなずいた。

「大丈夫《だいじょうぶ》、ちゃんと答えは見つかるよ。それからね、次来るときは、しっかりお湯に浸《つ》かるんだよ。あの子を助けるためにも、あんたがしっかり心を休めないと。いいね?」

僕《ぼく》はうなずかなかった。自分だけのんきに温泉に浸かる気分には、やっぱりなれない。

銀山先生は、鼻からふん、と息を吐《は》いて「あんたも頑固《がんこ》だね」と笑った。

「さ、もう外は真っ暗だ。家に帰りな」

いつものように僕の背中を押《お》して、ベッドから立ちあがるよう、うながしてくる。

「ほら、背筋伸《の》ばす」

「………」

「急いで帰るんだよ。親御《おやご》さんが心配する」

銀山先生は、僕を廊下《ろうか》に押し出すと、引き戸をぴしゃりと閉めた。

その瞬間《しゅんかん》、**【第二保健室】**は**【パソコン室】**へと変わってしまった。

先生が言ったとおり、窓の外はもう真っ暗だった。急に頭がくらりとして、よろめきそうになる。

今までも、もしかしたら、とは思っていた。

銀山先生も小夜子さんもキヨも、独特の空気感があったから。

なにかから解き放たれたような自由さ。

僕《ぼく》らは「制限時間」に縛《しば》られているけれど、彼《かれ》らには制限なんてない。日本全国を瞬時《しゅんじ》につなぐあの場所で、自由に時間を使い、のびやかに過ごしている。

でもまさか、そんな。

先生たちが「もう死んでいる人たち」なんて――。

窓の外、遠くで救急車のサイレンが聞こえて、大きくなって、遠ざかった。

もう夜の八時近い。いくらゆるいうちの親でも、連日この時間じゃ心配しているはずだ。

僕は顔を両手でこすって、歩きだした。

解散

「おかえり。最近毎日じゃない？　文芸部って、こんな忙《いそが》しいものなの？」

「うん。今はほら、みんなで文集作ってるから」

「熱心ね。お腹《なか》すいたでしょう、早く食べなさい」

「着替《きが》えてくる」

二階にある自分の部屋に向かう。階段を数段上って、僕《ぼく》は振《ふ》りかえった。

手すりの隙間《すきま》から、食卓《しょくたく》の準備をしている母が見える。きびきびとおかずを温めなおす姿を見ていたら、さっき読んだアツのお母さんの話が頭によみがえってきた。

「どうしたの、早く着替えてきなさいよ」

僕の視線に気づいた母が、いぶかしげにこっちを見ていた。

「ねえ、母さん」

「なに」

「あとどれくらい遅《おそ》かったら、僕《ぼく》を外まで捜《さが》しに行ってた?」

「え?」

ピーッと電子レンジが鳴った。母が、レンジから肉じゃがの器《うつわ》を取り出す。

「なに、どういうこと?」

「やっぱいい。なんでもない」

なに言っているんだろう。

僕はあわてて、階段を駆《か》け上《のぼ》った。下から、母の声が追いかけるように響《ひび》いてくる。

「あと十分遅かったら、捜しに行こうと思ってたわよ。もう少し早歩きで帰ってきなさい」

それを聞いて、僕は気づいた。

あ。

なんだ、そうなんだ。

アツの母親はあまりにも異常で、アツを苦しめる「悪」のように思ってしまっていた。

だけど、もしかしたら。

母親の誰《だれ》もが、アツの母親のような部分を持っていて、アツの母親は、それがちょっと強すぎるだけなのかもしれない。

部屋着に着替《きが》えて下に下りていくと、あつあつの料理が並んでいた。

「いただきます」

「どうぞ召《め》しあがれ」

鍋《なべ》を洗いながら答える母の後ろ姿が、なんだか今日は胸にしみる。


深夜一時になっても、なかなか寝《ね》つけなかった。

ベッドの上で、何度も寝返りをうつ。

「ちゃんと答えは見つかる。生きているあんたにならば、できないことなんてない……」

銀山《かねやま》先生に言われた言葉を復唱してみる。薄暗《うすぐら》い部屋に響《ひび》く自分の声は、自分で思っているよりもずっと頼《たよ》りない、子どもっぽい声音《こわね》だった。

銀山先生たちはもう「生きていない」人なのかもしれない。だけどそのことは、今は深く考えないことにしよう。たとえそうだとしても、なにかが変わるわけじゃない。銀山先生は銀山先生だし、小夜子《さよこ》さんは小夜子さんだ。もちろんキヨも。

あの不思議な場所に出合ってから、「世の中には、僕《ぼく》の理解できないことがたくさんあるんだ」と、起こることすべてを、とりあえず受けいれる癖《くせ》がついた。

ひたすら考えまくっても、答えが出ないこともあるんだ、って。

だけど、アツのことだけは、なにがなんでも答えを見つけたい。

そして僕がそうすることを、銀山先生も小夜子さんもキヨも、きっと望んでいる。

「アツ、どこにいるんだよ……」

ケンカしたまま別れることになるなんて。

こんなことになるのなら、あのとき真っ先に謝《あやま》ればよかった。

後悔《こうかい》しても時間が戻《もど》るわけじゃない。

それでもやっぱり、僕はあの日のことを思い出し、悔《く》やまずにはいられない。


アツが規則を破ってしまった日の、三日前。

僕とアツは、ケンカをした。

「なあチバ、今日は何色の湯だった?」

その日、遅《おく》れて休憩処《きゅうけいどころ》に来たアツは、僕に『何色の温泉に呼ばれたのか』を聞いてきた。

「別にいいだろ、なんでも」

「おいおい隠《かく》すなよー、気になるじゃん」

答えたくなかった。

お湯の色を教えたら「それってどんな効能なの?」と、話が広がってしまう気がしたのだ。

心に効く温泉。

自分の内面や、気になっていることが黒い湯気になって湧《わ》きあがる温泉。

どんな悩《なや》みを抱《かか》えているか、本当は僕《ぼく》がどんな人間なのか、アツには、アツだけにはバレたくなかった。いつも「チバってすげぇな」って誉《ほ》めてくれるアツには、「すげぇチバ」のままで思われていたかった。

僕はアツにウソをついていた。

自分は文芸部の部長で、個性的な部員をまとめる存在。部誌を作ったり、お互《たが》いの好きな作品を発表しあったり、なかなか忙《いそが》しい部活なんだ。だから、夜七時まではここへは来られない。毎日部活動があるから。……なんて。

本当の僕は、ぜんぜん違《ちが》うのに。

文芸部の部員は僕《ぼく》ひとり。活動は週に一度だけ。部活のないほとんどの放課後は、いつも時間を持てあまし、図書室でひたすら本を読むだけ。

クラスの男子からは嫌《きら》われ、孤立《こりつ》している。

それが、本当の千葉尚太郎《ちばなおたろう》。

実際、僕が呼ばれる温泉は、いつもなんとなく重い響《ひび》きの効能ばかり。

「**喪失感**《そうしつかん》」「**自己嫌悪**《じこけんお》」「**虚勢**《きょせい》」

そして、黒い湯気から現れるのは、ごくたまに根岸《ねぎし》たちのこともあったけど、そのほとんどが、青白い顔をした僕自身《ぼくじしん》の姿なのだった。

「そういうアツは、何色の湯だったんだよ」

はぐらかすために、僕はアツに質問を返した。

アツは「ええ、俺《おれ》～？」とニヤけて、「ナイショ」と唇《くちびる》を突《つ》きだした。

「チバくんが教えてくれたら、あたしも教えてあげるわよ」

「出た、アツ子《こ》」

「ヤダもう、アッちゃんって呼んで」

「……きっつ」

ぶははっとアツが先に吹《ふ》きだした。僕《ぼく》もつられて笑ってしまう。

そのとき、アツの目がきらりと輝《かがや》いた。

「あ、そうそう！　このアツ子キャラでコント作りたいと思ってんだけど、チバどう思う!?　今日学校でさ、テッタが、俺《おれ》にはコントのほうが向いてるんじゃないかって言うんだよ！　いやもちろん漫才《まんざい》やめるわけじゃないけどさ、長《なが》クリみたいに両方できるっつーのが、やっぱ理想じゃん!?」

話がそれたことに安堵《あんど》しながらも、僕の心にツーッと冷たいものが流れこんでくる。

また、テッタか。

アツがよくする、学校の親友、テッタの話。

テッタがさ、今日めっちゃおもしろいこと言ってさぁ。テッタがさ、テッタが……。

それを聞くたびに、僕の心はすっと温度が下がる。

アツにはいるんだ、学校に親友が。なんでも話せて、お笑いの話もできる、最高の「テッタ」が。

そりゃそうだよな。アツは僕とは違《ちが》って、誰《だれ》とでも仲良くできるタイプ。学校に親友がいるなんて、そんなのあたりまえだ。

こんなこと思うなんてどうかしている。

だけどどうしても、アツに自分よりも親しい友達がいることが嫌《いや》だった。嫉妬《しっと》なんて言葉は、気持ちが悪くて使いたくない。だけど、たしかに嫉妬していたんだ。

自分と違《ちが》って、学校に友達がいるアツに。

そして、「やってしまった」。

僕《ぼく》はアツに、つい言ってしまったのだ。

「そんなにおまえのことよくわかってくれてるなら、その、テッタとコンビ組めばいいのに」

アツの表情が固まった。

「は？」

「そっちのほうが絶対いいでしょ」

なんでだろう。言いたくない言葉のはずなのに、妙《みょう》になめらかに、すらすらと言葉が出てくる。

「有効期限が終わったら、もうどこにいるのかもわからなくなる僕と違って、テッタとは毎日学校で会えるだろ？　話を聞くかぎり、テッタもお笑いが好きみたいだし、そっちと組んだほうが絶対いいって」

「おいちょっと、チバおまえなに言って……」

「僕《ぼく》べつに、そもそもお笑いって、そこまで好きじゃないんだよね」

ウソだった。

完全に、ウソだ。

僕は、怖《こわ》かっただけだ。

アツの「相方」というポジションを、テッタにとられるんじゃないかって。怖すぎて怖すぎて、言ってほしかっただけなんだ。相方はチバ、おまえしかいないんだって。

あのときのアツの、心底悲しそうな目。

「おいウソだろチバ、お笑い好きだったんじゃないのかよ」

「いや別に、本当はそんなに好きじゃない」

またウソをついた。

大好きだ。漫才《まんざい》も、コントだってなんでもいい。アツとやるネタだったら、どれも大好きだ。楽しくて楽しくて、ああ、なんだこんなに楽しいことが、僕の人生には待ってたんだって、生まれてきてよかったって思えるほどに。

「は、なんだよ。盛りあがってたの、俺《おれ》だけかよ。無理して合わせてくれてたんかい」

アツは立ちあがり、

「わかったよ。じゃあ、紅白温度計《こうはくおんどけい》は、解散な」

吐《は》き捨《す》てるようにそう言うと、休憩処《きゅうけいどころ》の暖簾《のれん》を出ていった。

解、散。

ちがう。

その二文字が、ぱりんとガラスのように割れて、粉々に砕《くだ》けて僕《ぼく》の胸に突《つ》き刺《さ》さった。

ちがうちがうちがう！

アツを追いかけようとした瞬間《しゅんかん》、時間切れの鐘《かね》が鳴ってしまった。そして僕はこっちの世界に引《ひ》き戻《もど》されてしまったのだった。

タイミングの悪いことに、翌日は土曜日で、校舎は開いていなかった。

アツにすぐにでも謝《あやま》って、解散を取り消してもらいたい。そんな気持ちを抱《かか》えながら、僕はひたすら週明けを待った。

もどかしい気持ちを抱えたまま、月曜日に行った「かねやま本館」。

いつもの待ちあわせの時間になっても、アツの姿は休憩処になかった。

向かい側のテーブルで、あぐらをかいてお茶をすすっているキヨに声をかける。

「キヨ。アツ来てない？」

「今日はまだ見てねぇぞ。もうすぐ来んじゃねぇか？」

「そっか……」

それから十分たってもアツは来なかった。いてもたってもいられなくて、僕《ぼく》は休憩処《きゅうけいどころ》の暖簾《のれん》の隙間《すきま》から、玄関《げんかん》をのぞいた。

「あっ」

土間に、アツが立っていた。

赤い髪《かみ》が濡《ぬ》れて顔にくっつき、毛先からポタポタと雫《しずく》が垂れていた。心なしか、眉毛《まゆげ》の間が赤く腫《は》れているように見える。

アツの後ろで、玄関のガラス戸は開けっ放しになっていた。雨風が吹《ふ》きこみ、土間の灰色の床《ゆか》は、すっかりびしょびしょだった。

あ、アツ……？

いつもと違《ちが》う様子に、僕は声をかけるのをためらってしまった。自分の姿がアツから見えないように、暖簾の内側に体を隠《かく》した。そして、隙間からアツの姿を盗《ぬす》み見《み》る。

アツは黙《だま》りこみ、まっすぐ前を向いていた。表情に、妙《みょう》な迫力《はくりょく》がある。

先週僕《ぼく》が言ってしまったことを、やっぱり怒《おこ》っているんだろうか。

「まあ、アツさん」

紫色《むらさきいろ》の暖簾《のれん》から小夜子さんが顔を出した。

「そんなに濡《ぬ》れて、風邪《かぜ》をひきますよ。すぐにタオルを持ってきますね」

小夜子さんはすぐに、紫色の暖簾の奥《おく》へと戻《もど》っていった。

アツはあいかわらず、ポタポタと毛先から水滴《すいてき》を垂らしながら、土間に立ちすくんでいる。

遠くを見るような、なにかを決意したような目。

アツ……。

そのとき突然《とつぜん》、アツが歩きだした。

履《は》いていた上履《うわば》きも脱《ぬ》がずに、体を揺《ゆ》らして、すたすたと広間を突《つ》き進《すす》んでいく。

あまりのことで、なにがなんだかわからなかった。

あいつ、土足でなにやってんだ……？

濡れた体から垂れた雨が、広間の床《ゆか》を濡らしていく。

アツが一点、見つめているのは、紫色の暖簾——？

まさか。

僕《ぼく》は、つんのめるように橙色《だいだいいろ》の暖簾《のれん》を飛び出した。裸足《はだし》だったせいで、濡《ぬ》れた床《ゆか》に滑《すべ》り、前のめりに転んだ。すぐに立ちあがり、顔を上げる。

アツは、もう、今まさに紫色《むらさきいろ》の暖簾をくぐろうとしていた。

「だ、だめだ、そっちは――――」

走りながら必死で手を伸《の》ばした。僕の声で、あわてて休憩処《きゅうけいどころ》から出てきたキヨの叫《さけ》び声《ごえ》が背中に重なる。

「だめだ――――！」

紫色の暖簾の奥《おく》に、アツは吸いこまれるように消えていった。

小さな赤いノートを、暖簾の前で落としたことにも気づかずに。

思い出すたびに、胸が張《は》り裂《さ》けそうになる。

あのときのアツは、いつものアツとは違《ちが》った。まともな状態ではなかったことは確かだ。

規則なんて頭に浮《う》かばないくらい、心がすっかり疲《つか》れていたのかもしれない。

タオルケットを頭の上まで引きあげて、僕は「ああ」と小さく叫んだ。

どうして、僕の右手は、アツをつかめなかったんだろう。

最終日

ほとんどまともに眠《ねむ》れないまま、朝を迎《むか》えた。

いよいよ今日で「かねやま本館」に行けるのは最後だ。

アツと約束していたから、今までは午後七時に「かねやま」に行っていた。だけど、今日は朝から行こうと思う。一刻も早く、あのノートの続きを読みたい。

「なんだ、今日はずいぶん早いな」

朝六時に準備を始めた僕《ぼく》に、パジャマ姿でコーヒーをすする父が声をかけてきた。母はまだ寝《ね》ている。我《わ》が家《や》ではいつも父がいちばんの早起きだ。

「部活の集まりがあって」

「文芸部の？」

「うん」

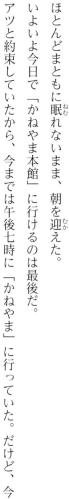

「朝から集まるなんて熱心だな。あ、パン温めるか？」

「大丈夫《だいじょうぶ》。自分でやる」

食卓《しょくたく》の上に置いてあったバターロールを袋《ふくろ》から取り出し、オーブントースターに入れる。チッチッチッと音をたてて、トースター内が赤く照らされていく。

「楽しそうでいいな」

父が笑った。

「昨日の夜も、遅《おそ》くまで文芸部の活動だったんだって？　母さんから聞いたよ」

「え？　ああ……、うん」

「いっしょに夢中になれる仲間がいるって、幸せなことだよなぁ」

父は満足そうにうなずくと、またコーヒーをすすった。

「かねやま本館」に行くようになってから、僕《ぼく》は両親にウソをついている。

夜遅くなることを怪《あや》しまれないように、「文芸部の仲間と、図書室で文集作り」ということにしているのだ。

本当は、文芸部の活動は週に一回。

しかも、部員は僕ひとり。

チン。

「パン焼けてるぞ」

「あ、うん」

あつあつのバターロールを急いで皿に移しながら、僕《ぼく》は思った。

両親にはきっと、見えている。僕の「文芸部」の友達が。僕ととっても親しい、毎日遅《おそ》くまでいっしょに過ごすような、最高の友達が。

だけど本当は、そんな存在は学校にはいない。すべて架空《かくう》だ。

僕が心を開ける友達はただひとり、アツだけなんだから。


学校には七時に着いた。

「おはよう」

この時間に来るのが最初からわかっていたみたいに、銀山《かねやま》先生はすぐに「第二保健室」に招き入れてくれた。

「その顔は、ほとんど寝《ね》てないね」

困ったねぇ、と銀山先生は肩《かた》をすくめながらも、床《ゆか》の扉《とびら》を開けてくれた。

「手ぬぐい、今日も持っていかないのかい？」

先生が白い布を手にして顔をしかめる。僕《ぼく》はうなずいた。

ラスト一回。温泉に浸《つ》かっている時間はない。

「わかったよ。でも念のため持っていきな。汗《あせ》を拭《ふ》くのにも使える」

先生はそう言って、手ぬぐいを勝手に僕のポケットに突《つ》っこんだ。断るのもおかしいと思ったので、僕はそのままハシゴに足をかけた。赤いノートは、しっかり反対側のポケットに入っている。

「大丈夫《だいじょうぶ》。あんたはちゃんと答えを見つけられる」

頭上で、銀山先生の声がする。

「あの子を助ける方法を、ちゃんと見つけられるよ」

そう言って、先生は扉《とびら》を閉めた。暗いトンネルの中に浮《う》かびあがる、四角い灯《あか》り。

一歩一歩をかみしめるように、僕はハシゴを下りていく。

「チバさん、いらっしゃい。どうぞ、ゆっくり読んでくださいね」

そう言って、小夜子《さよこ》さんは笑顔《えがお》で迎《むか》えてくれた。

僕《ぼく》は休憩処《きゅうけいどころ》の橙色《だいだいいろ》の暖簾《のれん》をくぐり、窓側の座布団《ざぶとん》に腰《こし》を下ろした。

時間のせいもあるのか、僕以外、誰《だれ》もいない。

制服のポケットから赤いノートを取り出すと、端《はし》っこが染《し》みて色が濃《こ》くなっていた。僕はあわてて中を開く。

大丈夫《だいじょうぶ》、中は無事だ。

ほっと息をついた。

丸い窓の外は、細い霧雨《きりさめ》が糸のように降り続いている。

（あの子を助ける方法を、ちゃんと見つけられるよ）

来るときに聞いた銀山先生の言葉。

先生は、なんであんなふうに断言できるんだろう。こんな広い世界で、しかもあいつは僕のことを覚えてもいない。そんな状態で、助ける方法なんて見つけられるわけがないのに。

どうしてもネガティブになってしまう思考を振《ふ》り払《はら》うように、僕は首を振った。

とにかく、もう今日がラストだ。最後まで読もう。

すでに読んだところを急いでめくり、未読のページで手を止めた。

目に飛びこんでくる、サブタイトル。
「ああ」
思わず声がもれた。だめだ。どうしても涙《なみだ》がこみあげてくる。
ぽたりと垂れた僕《ぼく》の涙で、ノートに書かれた文字がにじんだ。
泣くな、しっかりしろ。しっかり、読め。
涙を手《て》の甲《こう》でぬぐい、自分の両頬《りょうほお》を、パンッと思いきりたたいた。
大きく深呼吸をする。そして、僕は続きを読みはじめた――。

その六、運命の相方

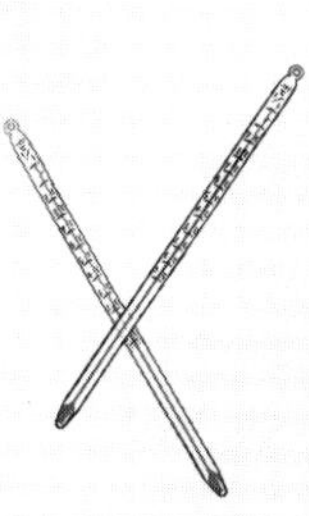

さてと、そろそろ相方の話をしなくちゃいけないっすね。

相方のチバと出会ったのは、「かねやま本館」の休憩処《きゅうけいどころ》。

俺《おれ》が先にくつろいでいたら、風呂《ふろ》からあがったチバが入ってきたんです。

目が合って最初、チバのやつ、あきらかに引いてたんですよ。「うわ、不良がいる。あんまり関わりたくないな」って、顔にしっかり書いてありました。思っていることがすぐ顔に出るやつなんですよ、あいつって。

俺のほうも、正直言うと、チバが来たときはショックでしたね～。

なんだ、俺だけの場所じゃないんかい、って。

中学生専門の湯治場《とうじば》だって、ちゃんとキヨから説明受けてたくせに、なぜか俺、すっかりそんなこと忘れてて、「ここは自分だけの場所だー」って思いこんでたんですよ。

だから「なんだよ、他のやつもいるのかよ」って、態度に出しちゃいました。今思うと、チバにめっちゃ失礼ですよね、すまんチバ。

でもね、俺《おれ》らはその日のうちに「コンビ結成」をする運びとなるんです。

あれはきっと、小夜子《さよこ》さんのおにぎりパワーのおかげだな。うん、まちがいない。

あの日、休憩処《きゅうけいどころ》には俺とチバとキヨと小夜子さんの四人しかいなくて、小夜子さんが出してくれた塩おにぎりを食べながら、俺の提案で「大喜利《おおぎり》大会」をしたんです。

お題は「こんなおにぎりは嫌《いや》だ。さて、どんなおにぎり？」。

キヨも小夜子さんも、結構おもしろい回答出してくれたんですけど、チバの回答が、ダントツでおもしろかったんですよ。

あいつ、クールな顔して、おにぎりを一粒《つぶ》つまみあげるジェスチャーまでして、「ぜひ、一粒ずつお召《め》しあがりください」って――――！

一粒ずつって、超面倒《ちょうめんどう》くせぇじゃん！　そんなのよく思いつきますよね！　声までダンディーに変えちゃって、マジかよこいつ、キャラまで作れるのかーいって、俺、大爆笑《だいばくしょう》！

あとはもう、直感っす。ビビビッて、電気が走ったみたいに。

俺の相方はこいつだ！　って。

それで、「コンビ組まないか？」って誘《さそ》ったんです。

まさかチバが即答《そくとう》でオッケーしてくれるなんて思わなかったんで、「いいよ」って言われたときは、めちゃくちゃうれしかったなぁ！

俺《おれ》ら会ってまだ十五分くらいしかたってなかったんですよ？　それなのに、コンビ結成できるって、すごくないですか？　こういうこと言ったら、チバに絶対「気持ち悪い」って言われるだろうけど、それでもやっぱり、俺は「運命だ」って思ったんです。

俺とチバは、運命のコンビなんだーって。

コンビ名は、その場ですぐに決まりました。「紅白温度計《こうはくおんどけい》にしよう！」って。

俺が赤い髪《かみ》で、チバが色白だから「紅白」。

そんで、ふたりのキャラがぜんぜん違《ちが》うから、（ほら、俺はどっちかっていうと熱いタイプ。あいつはクール系なんで）温度差があるよねってことで、「温度計」を付けることになったんです。

チバが考案してくれたんですよ。なかなかいいでしょ？　あいつやっぱセンスの塊《かたまり》っすよ、ほんと天才！

それから俺らは、毎回同じ時間に「かねやま本館」に来る約束をしました。

あいつは文芸部で、こっちはテニス部。お互《たが》いの部活動が終わったあと、「午後七時」に集合することに決めたんです。

「かねやま本館」に着いたら、まずはそれぞれ温泉に入ります。あそこのいちばんの醍醐《だいご》味《み》っすからね。でもね、俺《おれ》らはいつも早くネタ作りがしたくて、カラスの行水《ぎょうずい》のように、五分程度でささっと風呂《ふろ》からあがって、休憩処《きゅうけいどころ》に集合してました。

だいたいいつもチバのほうが、ちょっと先に休憩処に来てるんです。

あいつ、他の中学生とは一切《いっさい》しゃべらずに窓の外なんか眺《なが》めちゃって。まったく、なーに、かっこつけてんだか。そんで俺見て「アツ、おそい」って、文句言うのがお決まり。

いやいやチバさん、どんだけ風呂短いんだよっ！

そういえばまだ一度も、あいつと同じ「お湯」に呼ばれたことってないんだよなぁ。

俺らのキャラが違《ちが》いすぎるからなのか、毎回別々の色のお湯に、それぞれ呼ばれるんです。どんなお湯に呼ばれているのかも、チバのやつ教えてくれないしね。

こうして考えてみると、俺、相方なのにチバのこと、なーんも知らないんですよね。

しかも、「かねやま本館」には有効期限がある。三十日たったら必ず「卒業」しなくちゃいけない。そうしたら、もうここでチバとこうして会うこともできなくなる。

だってね、俺《おれ》らは元の世界では、連絡《れんらく》をとれないんです。

どんなにお互《たが》いの住所を伝えあっても、元の世界ではそれを思い出すことができない。

鐘《かね》が鳴って元の世界に戻《もど》った瞬間《しゅんかん》に、思い出せなくなるんです。

チバと作ったネタも、いっしょに食べた小夜子さんのまかないも、そういうことは全部覚えているんですよ？

でも、どうしても、チバという人間の細かい情報だけが、思い出せなくなる。フルネームも、住んでる地域も、どんな家族構成とか、そういうの全部。

これは、俺とチバに限らず、ここに集まる中学生のみんながそうなんですけどね。

不思議だけど、これはもうしょうがないことなんだなって、俺らは受けとめることにしました。

だけど、俺、いつかは絶対会えるって信じているんです。だって、お互いの顔はちゃんと覚えているんだし、あと「チバ」ってあだ名も。それにいっしょにここで過ごした時間も、規則さえ守れば、ずっと覚えていられるんだから。

だから、きっと会える。

「なんだおまえ、ここにいたのか」って、お互いを見つけられる日が来るはず。

まあそんなわけで、チバとは「有効期限ギリギリ」まで、とにかくネタを作ろうって盛りあがっているんですけどね。

実は俺《おれ》、ずっと気になっていることがあって。

そもそも「かねやま本館」は「中学生専門の湯治場《とうじば》」。

キヨに最初に説明してもらったけど、湯治場って「お湯で、治す、場所」って書くんです。つまり、疲《つか》れた中学生たちが、その疲れを癒《い》やすための場所ってこと。

だからここに集まっている子たちは誰《だれ》しも、多かれ少なかれ「疲れている」はずなんです。なにかしらの悩《なや》みがあるはずって言えばいいのか。

でも俺、チバにはそれを感じないんですよ、まったく。

だってあいつ、会うといつも楽しそうだし、俺みたいにブサイクでもないし、なによりあんなにおもしろい。たぶん学校では、かなりの人気者だと思うんです。まあ当然ですよね、あんないいやつなかなかいないもん。笑いのセンス、天才的だし。

だからなんでチバがここに呼ばれたのか、それがまったくわかんないんですよ。なにも悩むことなんてなさそうに、俺には見えるから。

俺とはぜんぜん違《ちが》うんだよなぁ。

だからこそ尊敬もしてるんですけど、いつも考えちゃうんです。あいつはきっと、俺《おれ》じゃなくても、コンビ組めるような友達がたくさんいるんだろうなって。俺とは違《ちが》って……。

ああ、なんかだめっすね。どうしても、今日は明るい文章が書けそうにないや。でもそれでもいいんだ。ありのままを書くことが大事だって、長《なが》クリの近藤《こんどう》さんもラジオで言ってたし。

実は今日ね、チバに言われちゃったんですよ。ちょうど、鉄太《てった》の話をしてたときに。

「学校に友達がいるなら、そっちとコンビ組めばいいじゃないか」って。

チバのやつ「本当はそこまでお笑い好きじゃないし」とまで言うんですよ。

さすがにショックでした。

じゃあ今までの紅白温度計の時間はなんだったんだよって。

思わずかあっとなって、俺も言っちゃったんですよね。

「じゃあ解散だな」なんて、心にもないこと。

そもそもチバがなんであんなこと言いだしたのか、今もまったくわかんない。

鉄太はたしかにお笑い好きだし、めちゃくちゃいいやつだし、俺の大事な親友であることはまちがいないですよ？　でもね俺《おれ》、鉄太とコンビ組もうって思ったことは、実は一度もない。鉄太のほうも、そんな気はさらさらないと思うけど。

そもそも鉄太の将来の夢は、漫画家《まんがか》になることなんですよ。お笑いももちろん好きだろうけど、鉄太にとってなによりいちばんは、漫画。

それに俺はやっぱり、チバに会ったときの自分の直感、それを信じてるんですよ。

俺の相方は、チバ。あいつしかいない。

でも、チバが「お笑い好きじゃない」って言うのが本心なんだとしたら、完全に俺の片思いですよね。こういう場合って、どうしたらいいんですかね。あきらめるしかないのかな。

あーあ、やだな――。

紅白温度計が終わっちゃうなんて。

「僕《ぼく》も、紅白温度計が終わるのなんて嫌《いや》だ」

そこまで読んで、僕は洟《はな》をすすりながらノートから顔を上げた。

温度差なんて、少しもなかったんだ。

僕が紅白温度計を、アツとの時間を大切に思うのとまったく同じように、アツも僕を唯《ゆい》一《いっ》の相方だと思ってくれていた。

僕らの間には、1℃の差もなかった。まったく同じ熱量だったんだ。

ノートに再び目線を戻《もど》し、ページをめくる。そこからはもう、白紙のページが続いていた。

これで、終わり……？

白紙のページをめくり続け、ノートのほとんど終わりのほうで、僕はやっと手を止めた。

今までの筆圧のある文字とは違《ちが》う、力のない乱れた文字が目に飛びこんできた。もはやノートの罫線《けいせん》は完全に無視されていて、ただただやみくもに書《か》き殴《なぐ》られている。

「どうしたんだよ……」

アツの心のいちばん奥《おく》に、今こそ直接触《ふ》れるような気持ちだった。

僕は決意して、文字を目で追い始める――。

その七、もうだめだ

ああ、もうだめだ。

言葉が出てこない。

どうすればいいのか、どうしたいのか、もうわかんねぇや。

なんで、俺《おれ》の母ちゃんはああなんだ。

クラス全員を怒鳴《どな》りつけるだけで、もう充分《じゅうぶん》だろ。

どこまでやれば、どこまで俺を追いつめれば、気がすむんだよ。

みんなに距離《きょり》おかれて、それでも変わらずそばにいてくれたのは、鉄太《てった》だけだったんだって。

なのに、なんでだよ？

なんで鉄太を怒鳴るんだよ。

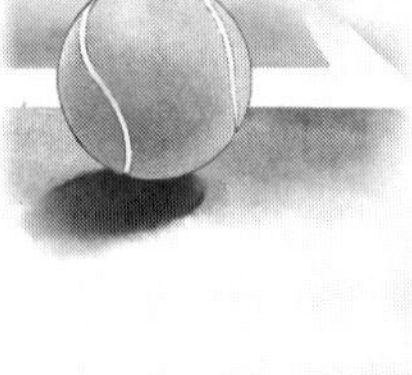

テニス部なんだし、ボールが飛んでくるのはあたりまえじゃねぇか。

紅白温度計《こうはくおんどけい》のことばっか考えてて、ぼうっとしてた俺《おれ》が悪いんだし。

鼻血くらい、たいしたことない。

この額の腫《は》れだって、明日には引いてるって。

なのに、家まで謝《あやま》りに来てくれた鉄太の胸《むな》ぐらつかんで、あんたわざとやったわね、許さないって。

鉄太が、そんなんするわけないじゃん。

どんなときも、俺の味方でいてくれたのにさ。

そんないいやつに、あの仕打ち。

そりゃ、さすがの鉄太だって言うよ。

「俺、もう、アツと関わるの怖《こわ》いわ」って。

こうやって、俺の居場所、母ちゃんがどんどん奪《うば》っていくんだ。

逃《に》げ道《みち》全部ふさがれて、アッちゃんはここにいればいいのよって、俺のことがんじがらめにして閉じこめる。

父ちゃんだって、そんな母ちゃんが嫌《いや》で……。

ああ……、そういえば俺《おれ》、自分のためのネタ帳なのに、見栄《みえ》はってウソ書いちゃってたわ。

俺の父親は、単身赴任《たんしんふにん》なんかじゃない。

ヒステリックな母ちゃんに嫌気《いやけ》がさして、三年前に、家出ていっちゃったんだ。

生活費とかお金はいまだに送ってくれているけど、「アツ大丈夫《だいじょうぶ》か？　いつでも連絡《れんらく》してこい」なんて、そんなふうに言ってくれたことなんて、ない。

あんなん、ウソ。

一生、こうなんだ、きっと。

母ちゃんの息子《むすこ》である以上、俺は一生変わんない。

けがすらできない、そういう人生。

こんなんで、芸人になりたいなんて、とんでもねぇよ。

長《なが》クリの近藤《こんどう》さんが、いつだかテレビで言ってた。

「どんな苦しいことも、笑い話にできたら、もうそれは笑い話なんだ。誰《だれ》かひとりでも笑ってくれたら、もうそれは苦しい話じゃない。どんなこともひっくりかえせるのが、お笑いのすごいところだ、って」

俺《おれ》、ひっくりかえしたかった。

学校で母ちゃんがしでかしたことも、そういうの全部笑い話に変えて、ひっくりかえしたいって、そう思ってた。

「紅白温度計」で、自分のいる世界を変えたいって。

でも、やっぱ無理だ。

昨日、チバにもふられちゃったし、紅白温度計は、もう解散。

かねやまの有効期限だって、もうすぐ終わりだ。

俺の世界は、変わんない。

だとしたらもう、いたくないよ、こんな世界。

永遠に、かねやま本館にいたい。

ずっと、ずっと、あそこにいたい。

小夜子《さよこ》さんやキヨのように、ずっとあそこにいたいよ。ずっとずっとずっと。

どうしたら、いられる？

どうすれば「かねやま」の住人になれる？

どこに行けば、もう元の世界に帰らずにすむんだ……？

俺《おれ》ら中学生と違《ちが》って、あのふたりにしか入れない場所。

ああ。

そうだ。
紫色《むらさきいろ》の、暖簾《のれん》。

あそこは、小夜子さんとキヨしか入れない。

もしかして、
あの奥《おく》に行けば、なにか変わるんじゃないか？
ずっとずっと、あの世界にいられるんじゃゃ――

東雲《しののめ》色《いろ》の湯

文章は、そこで終わっていた。

その後には、白紙のページが続く。

声が、声が出ない。

あごが震《ふる》え、喉《のど》と肺が痛い。手足がこわばり、視界がぼやける。

僕《ぼく》の手から、ノートがこぼれ落ちた。

そんなにも、大事だったんだ……。

母親によって、どんどん世界を狭《せば》められていくアツにとって、「紅白温度計《こうはくおんどけい》」は、世界を変えられる、唯一《ゆいいつ》の希望だった。

いっしょにネタを考えて、いっしょに笑って、いっしょにすべって、いっしょに過ごした、あの時間。

なあアツ、僕《ぼく》たちなら、ひっくりかえせたよ。

「紅白温度計」なら、僕らの世界を変えられたはずなのに……。

畳《たたみ》に突《つ》っぷして、僕は泣いた。

アツは、かねやま本館にずっといたいと思ったのだ。安心できるこの場所に、永久にいたいと思った。それで、紫色《むらさきいろ》の暖簾《のれん》に引きよせられてしまった――。

それほど、アツは傷ついていたんだ。

アツにもう会えないことが、アツがもう僕との記憶《きおく》を失ってしまったことが、悲しい。悲しくて悲しくて、たまらなかった。

畳に丸まって、泣きじゃくる僕の背中が、突然《とつぜん》ぎゅっと温かくなった。

「チバ……!」

キヨがひっくひっくと肩《かた》を揺《ゆ》らしながら、僕の背中にぐしょぐしょの顔をくっつけていた。僕の背中が、キヨの熱い涙《なみだ》で濡《ぬ》れる。

ふいに、甘《あま》い花の香りがあたりに漂《ただよ》った。

「チバさん」

小夜子《さよこ》さんだった。

いつになく力強い声で、僕《ぼく》の背中に声をかける。

「泣いている暇《ひま》は、ないと思います」

僕は畳《たたみ》に顔をつけたまま、かたまった。

小夜子さんは続ける。

「なにも終わっていません。始めるんです、あなたから」

僕は目を閉じて、洟《はな》をすすった。呼吸を整えて、ゆっくりと体を起こす。僕に合わせて、キヨも体を起こし、目と鼻をごしごしとこすった。

小夜子さんは、迷いのない瞳《ひとみ》で、まっすぐ僕を見つめていた。

「変えてください、あなたたちの世界を」

「ど、ど、どうやっ、って。どうやって……」

嗚咽《おえつ》で、言葉がうまくつながらない。

「どんなことでも、あなたにはできます。見つけるんです、世界を変える方法を」

小夜子さんは、さあチバさん、と僕を立たせた。

「まだ少しなら時間はあるはずです。どうか、温泉に浸《つ》かってきてください」

「で、でも……」

「アツさんを救いたいのなら、まずはチバさん自身が、しっかりエネルギーを蓄《たくわ》えないと」

さあ、と小夜子さんが僕《ぼく》の背中を押《お》す。

僕は肩《かた》を震《ふる》わせながら、足を一歩前に進めた。

「大丈夫《だいじょうぶ》。チバさんはちゃんと答えを見つけられます」

きっぱりとした声で、小夜子さんはそう言った。

その言葉、誰《だれ》か別の人にも言われた気がする。

本当に？

僕は本当に、ちゃんと答えを見つけられるのか。

「さあ」

小夜子さんが、もう一度、僕の背中を押す。

こんなふうに、小夜子さんに背中を押されたのははじめてだ。だけど、今までも何度もこんなことがあったような……。

「チバ、がんばれ、がんばれ」

すすり泣きながら、キヨも小さな手のひらで僕の背中を押す。

僕《ぼく》は涙《なみだ》と鼻水を、両手でめちゃくちゃにこすった。

「お、お風呂《ふろ》、は、はいっ、ってきます」

嗚咽《おえつ》する僕の背中に、小夜子さんが呼びかける。柔《やわ》らかい優《やさ》しい声で、いってらっしゃい、と。


アツが規則を破ってからは、一度も温泉に入っていない。

男湯の暖簾《のれん》をくぐると、入館証で残り時間を確認《かくにん》した。

【十八分】。

呼吸を整えて、入館証を裏側にめくる。

桃色《ももいろ》がかった鮮《あざ》やかな橙色《だいだいいろ》が、目に飛びこんでくる。

「東雲色《しののめいろ》……」

朝焼けの空のような美しい色のお湯が、白い石の露天風呂《ろてんぶろ》の中でゆらめいていた。

屋根のかわりに、大きなカエデの木が、すっぽりと湯船を守るように取りかこんでいる。

手ぬぐいを握《にぎ》りながら、僕は浴槽《よくそう》に少しずつ近づいた。

霧《きり》のように煙《けむ》る、糸のように細い雨。

湯船のへりには、いくつもの灯籠《とうろう》。それが、夜の森をほのかに照らしている。

ずっと待ってたよ。さあ、ゆっくり休みなさい。

お湯がそう呼びかけている気がする。

泣きすぎて、ああもう、僕《ぼく》はからっぽだ。

ふらふらと力なく歩き、ぽちゃんとお湯に浸《つ》かった。

とろりとしたお湯が、かさかさの僕を包みこむ。

熱いけど、熱すぎない。やさしい温度、やさしい肌《はだ》ざわり、ジュワッと全部受けとめてくれるような、そんなお湯だった。

僕の体から、するすると重い「なにか」が抜《ぬ》けていく。凝《こ》りかたまってこびりついていたものが、ずっと詰《つ》まっていたものが、すぽすぽと次々に抜け出ていく。

体から出た「なにか」は、あっという間に湯面に浮《う》かび、黒い湯気となって僕の目の前に立ちのぼった。

「あ……」

全身の力が抜けた。

黒い湯気の中に現れたのは、かたく右手を握《にぎ》りあう、僕とアツ。

照れくさそうに、でもすごくうれしそうに、ふたりは向かいあっている。

「よろしく、相方」

湯気の中で、横顔のアツがそう言って笑う。それに答えるように、湯気の中の僕《ぼく》が、力強くうなずく。

黒い湯気の中の僕らは、黒く透《す》けているのに、光でも放ちそうなほど輝《かがや》いていた。握《にぎ》りあった右手からは、とてつもないエネルギーみたいなものが湧《わ》き出《で》ている気がする。

次の瞬間《しゅんかん》、黒い湯気は消えていた。

「……………」

僕は目を閉じて、思いっきり息を吸いこんだ。

ひんやりとした空気が、体の奥《おく》に流れこんでくる。まぶたの裏に、今さっき見たアツの笑顔《えがお》が鮮明《せんめい》に浮《う》かぶ。

そっと目を開けた。握りしめていた手ぬぐいを、お湯から引きあげる。

そこには、ささやくような橙色《だいだいいろ》の文字が綴《つづ》られていた。

東雲色《しののめいろ》の湯　効能：信頼《しんらい》

「信頼……」

がっしりと手を握《にぎ》りあうアツと僕《ぼく》の姿。

お互《たが》いを信じているからこそ、僕らはちゃんと毎回同じ時間にここへ来た。

期限があるのを承知で、それでもコンビを組んだのは、僕らなら必ずどこかでまた会える、そう確信していたから――。

「……そうか」

温かい気持ちが、じわじわと、でも確かな感覚でこみあげてくる。

大丈夫《だいじょうぶ》だ、大丈夫。

記憶《きおく》がなんだ。

お互いのことをなにも知らなかったのに、僕らは出会ってすぐにコンビを組んだじゃないか。

信じよう。僕らは運命の「相方」だ。

きっと、会える。

またいっしょにお笑いができる。

「紅白温度計」で、僕《ぼく》らの世界はひっくりかえる。

なんの根拠《こんきょ》もない。日本は広いし、アツの所在を調べる術《すべ》はなにもない。

だけど、
大丈夫《だいじょうぶ》だよ、アツ。

僕らのゴールがいっしょなら、きっとまた会える。

「待ってろよ」

さっきまでからからに渇《かわ》いていたはずの僕の喉《のど》から、力強い声が出る。

自分の声を頼《たの》もしいと思ったのは、生まれてはじめてだった。

風呂《ふろ》からあがると、広間の囲炉裏《いろり》の前で、小夜子さんとキヨが待ちかまえていた。

僕の顔を見て、ほっとしたようにキヨの表情が緩《ゆる》む。泣きすぎてぷっくりと腫《は》れたまぶた。

「チバ、泣きすぎなんだよ」

「キヨこそな」

顔を見合わせて僕《ぼく》らは笑った。

僕の右手に握《にぎ》られた入館証の残り時間はあと【四分】。

顔を上げると、小夜子さんと目が合った。

小夜子さんが、すっと人差し指を上に向ける。

「チバさん、見てください」

うながされるまま、僕は上を見た。

今までちゃんと見たことがなかった、かやぶき屋根の屋根裏。黒い艶《つや》のある丸太で組まれた、重厚《じゅうこう》な骨組み。水平に置かれた梁《はり》に、ななめに固定された木材は、ぐるぐると太い縄で何重にも結ばれている。

「この屋根には、釘《くぎ》は一切《いっさい》使われていないんですよ」

「……本当ですか？」

信じられない。これだけたくさんの木材が、釘も使わずにこの屋根を支えているなんて。

結び目を見上げたまま、小夜子さんがうなずいた。

「よく見ると、木材を太い縄で結んであるでしょう。あれはね『いぼ結び』という特別な結び方なんです。一度結ぶと、緩《ゆる》むことはけっしてありません。囲炉裏《いろり》の煙《けむり》でいぶされて、むしろ年数がたてばたつほど結び目が強くなっていくんです」

「いぼ結び……」

さっき黒い湯気から湧《わ》きあがった、アツと僕《ぼく》。かたく右手を結びあったふたりの姿が脳《のう》裏《り》によみがえる。

「僕らは……」

続きは、小夜子さんが言ってくれた。

「これといっしょです。あなたたちは」

大丈夫《だいじょうぶ》――。

小夜子さんの声に重なるように、屋根の奥《おく》、遠く向こうから、鐘《かね》の音が響《ひび》いてくる。

ゴォオオオオオオオオオオォン

それが、僕の「かねやまライフ」の最後だった。

きちんとお礼も言えないまま、気づいたときには「第二保健室」のベッドの上。

かやぶきの屋根裏ではなく、保健室の無機質な天井《てんじょう》が目に飛びこんでくる。

「おかえり」

ベッドサイドに立っていた銀山《かねやま》先生が、黄色い八重歯をのぞかせながら、にたりと僕《ぼく》をのぞきこんだ。

「ちゃんとお湯に浸《つ》かってきたようだね。そう、それでいい」

体の芯《しん》に、まだしっかりと、東雲色《しののめいろ》のお湯の温《ぬく》もりが残っている。

「もう大丈夫《だいじょうぶ》だね？」

僕はうなずいて、体を起こした。

銀山先生は、僕におしりを向けてスタスタと窓際《まどぎわ》まで歩き、窓を全開にした。爽《さわ》やかな空気といっしょに、朝の光が思う存分差しこんでくる。

僕がここに来るのはいつも夜だったから、こんな明るい「第二保健室」は新鮮《しんせん》だった。光に照らされて、保健室の隅々《すみずみ》までくっきりと見える。真っ白のカーテン。ワックスのかかったフローリング。先生専用の机に置かれた四角い電波時計は【AM7：55】と黒い文字で点滅《てんめつ》している。

すべてが、今までとはまったく違《ちが》う場所のように思える。

「さて」

銀山先生が振《ふ》りむいた。

ちりちりの白髪《しらが》まじりの髪《かみ》の毛《け》が、朝の光に透《す》けてきらりと輝《かがや》いた。強めの風が窓から吹《ふ》きこみ、先生の丸顔をぼさぼさの髪が覆《おお》う。首を横に振りながら、面倒《めんどう》くさそうに髪の毛を払《はら》う銀山先生。

そのとき、ほんの一瞬《いっしゅん》だけど。

髪の毛の隙間《すきま》から見えた先生の顔が、小夜子さんに見えた気がした。

「今日も一日が始まるねぇ。さ、あんたもがんばりな」

はっとして、僕《ぼく》はベッドから下りた。

腰《こし》に手を当てて僕を眺《なが》めている銀山先生は、やっぱりいつもの銀山先生だった。なんで小夜子さんに見えたんだろう……。

「じゃあ、元気でやるんだよ」

先生はもう、僕の背中を押《お》さなかった。押されなくても、僕が自分から廊下《ろうか》に出たからかもしれない。

「本当に、ありがとうございました。ここからは、自分でがんばります」

僕《ぼく》は精一杯《せいいっぱい》の感謝を込《こ》めて、頭を下げた。

僕を呼んでくれて、あの世界へ導いてくれて、最高の相方と出会わせてくれた。

世界を変えるチャンスをくれた。

「いいかい、すぐに結果なんて出ない。あきらめないで、踏《ふ》ん張《ば》るんだ。たくましく、挑《いど》み続《つづ》けるんだよ。ああでもね、疲《つか》れたらちゃんと休むことも忘れちゃいけない。あんたは気負いすぎるフシがあるから、ちゃんと休息はとらないとだめだよ。わかったね？」

僕は頭を下げながらうなずいた。

「あの子のこと、頼《たの》んだよ」

ぽん、と銀山先生の手が、僕の頭に触《ふ》れた。包みこむようなぬくもりに、胸が熱くなる。

次の瞬間《しゅんかん》、
先生の手がすっと離《はな》れた。

はっとして顔を上げる。

「あ……」

もうそこには「第二保健室」はなかった。

【パソコン室】と書かれた灰色の引き戸の前には、小さな赤いノートがちょこんと閉じて置いてあった。

（あの子のこと、頼《たの》んだよ）

もう一度、先生の声が聞こえた気がした。

僕《ぼく》はそっと、ノートを拾いあげ、ぱらぱらとめくった。

中身はすべて、白紙に戻《もど》っている。

（なにも終わっていません。始めるんです、あなたから）

白紙だっていい。

小夜子さんの言葉が、しっかりとこの胸に刻まれている。

「ありがとうございました」

本当はちゃんと、小夜子さんの目を見て言いたかったけど、きっと小夜子さんは聞いてくれたはずだ。

まるで返事をするように、廊下《ろうか》には花の香りが漂《ただよ》っていた。

そのまま教室へ向かった。

もうすでにクラスメイトがちらほら集まっている。

「おはよう」

いつもは黙《だま》って席に着くけど、自分から挨拶《あいさつ》をした。近くにいた男子数人が、驚《おどろ》いたように僕《ぼく》を見る。

「お、おう」

反射的に返事をしてしまっただけかもしれないけど、少なくとも無視はされなかった。根岸《ねぎし》はまだ来ていなかったし、攻撃的《こうげきてき》な態度をとってくる人もいるかもしれない。だけどそれでも、もうおびえて過ごすのはやめにしようと思う。そんなことをしている暇《ひま》は、僕にはない。

そうして、新しい一日は過ぎていった。

休み時間はあいかわらずひとりで本を読んでいたし、アツにどうやったら会えるのか、結局答えは出ていない。

だけど、僕には確信がある。

僕の「これから」には、どこかに必ずアツがいる。そう思ったら、ひとりでいることが以前のようにさびしくはなかった。

とはいったものの、結局、その日の夜もなかなか寝《ね》つけなかった。

どうがんばっても眠《ねむ》れそうにないので、起きあがってベッドサイドの照明をつけた。

暗い部屋がぽんわりと灯《とも》る。

「かねやま本館」の灯籠《とうろう》があまりにも良くて、お小遣《こづか》いをはたいて二週間前にAmazon《アマゾン》で買った四角い和紙の照明。「ずいぶん渋《しぶ》いの買ったな」と父からは笑われたけど、これをつけると「かねやま感」が味わえるから、僕《ぼく》は気に入っている。

通学カバンから赤いノートを取り出し、学習机の上でぱらぱらとめくった。

もちろん、すべてのページが白紙だ。

僕が何度も握《にぎ》りしめていたせいで、赤いノートの表紙は少しくたびれて、端《はし》っこが破れかかっている。

ふう、と息を吐《は》いた。

今夜はなかなか蒸《む》し暑《あつ》い。でもまだエアコンをつけるほどでもない。

学習机の横にある掃《は》き出《だ》し窓《まど》を開けた。ぷすっと袋《ふくろ》に穴を開けたときのように、息苦しかった部屋に空気が入ってくる。

もっと外気を取りこみたくて、網戸《あみど》も全開にする。

僕《ぼく》の部屋は二階にあって、庭のアオダモの木が窓の半分を覆《おお》っている。

夜風にそよそよと揺《ゆ》れる葉っぱの隙間《すきま》からは、見事な満月が見えた。いつも見る白い月よりも、色が濃《こ》い。新鮮《しんせん》な生卵の色みたいだ。

そのまましばらく夜風にあたっていると、ふと、庭の端《はし》に咲《さ》く白い花が目に入った。

「え、咲いてる」

母が大切に育てている月下美人《げっかびじん》の花が、夜の庭の隅《すみ》っこで、ぽんと花開いていた。

年に数回、それもたった一晩でしぼんでしまう幻《まぼろし》の花、月下美人。

それがたった今、満月の光を浴びて花開いている。

パジャマのまま、僕は急いで庭に出た。

よっぽど両親にも、寝《ね》ているのを起こしてでも教えてあげようかと思った。

だけどやめた。今日のあの花は、僕のためだけに咲いてくれたような気がしたからだ。

サンダルで庭に出ると、青臭《あおくさ》い緑の匂《にお》いに包まれた。

リィーリィーリィーリィー。

ジィージィー。

いろんな虫の音。

夜風に揺《ゆ》れる葉っぱ。

そんな真夜中の庭で、月下美人は堂々と咲《さ》きほこっていた。

「すごい……」

花びらが、真っ白い光を放っているように見えた。あたり一面が、甘《あま》く優雅《ゆうが》な香りに包まれている。

月下美人のおかげなのか、今日はこの庭全体が、透明《とうめい》で柔《やわ》らかい光をまとっているように感じた。

「はぁ……」

自分の家の、見慣れた庭。そこにこんな美しい光景が広がっているなんて、夢でも見ているみたいだ。

しばらく、僕《ぼく》はうっとりと月下美人を見つめ続けた。

白い花びらは、月の光を隅々《すみずみ》に取りこむように、花びらを思いっきり広げている。

ふっと切ない気持ちがよぎった。

うちの庭では、こんなに美しく目立つ月下美人。だけど、それでも月から見たら、無数にある花のひとつにすぎないんだ。ちり同然に小さい、花のひとつ。

ちょっと感傷的になりすぎていたかもしれない。だけど、あらためて世界は広いんだと、どうしても思ってしまった。

「月はいいよな、目立つから……」

ちょっとうらめしくさえ思いながら、僕《ぼく》は頭上の月を見上げた。「どうも」と、誇《ほこ》らしげに言いそうなほど、堂々と黄色く輝《かがや》いている。

「アツの上にも、この月はあるんだよな……」

くぐもったひとりごとが、ぽわんと夜の風に溶《と》けていった。

そのとき。

すうっと、心の中に風が通っていくのを感じた。

「……そうか」

広い世界から、アツを見つけ出す。

ずっとそう思いこんでいた。

どうにかして、僕が見つけ出さなきゃいけないって。

でも、そうじゃない。

この月のように、目印があればいいんだ。アツがはっきりとわかるような、目印が。

まるで、カメラのフラッシュが瞬《また》くみたいだった。

僕《ぼく》の脳内で、ばちっとひらめいた、ひとつのアイディア。


「僕がアツに、見つけ出してもらえばいいんだ」


ありがとう。

月下美人にお礼を言って、跳《は》ねるように部屋に戻《もど》った。

学習机の引き出しから油性ペンを取り出し、姿勢を正して正面に座《すわ》る。

油性ペンのキャップを開けた。キュポンッという音とともに、インクの独特の臭《にお》いが鼻につんとくる。

「よし」

赤いノートの表紙に、文字を一気に書きこんでいく。

キュッキュッと音をたてながら、ノートに文字が浮《う》かびあがった。

太めの油性ペンを使ったせいで、少し文字がつぶれたようになってしまったけど、それでも大丈夫《だいじょうぶ》だ、ちゃんと読める。

【有効期限　なし】

「僕《ぼく》が」

ノートに向かって、宣言した。

「アツにとっての、かねやま本館を、作る」

有効期限なんてない、僕らの居場所を——。

挑戦《ちょうせん》

翌日から、僕《ぼく》の挑戦は始まった。

「ちょっと、食卓《しょくたく》でパソコンはやめてくれる?」

朝食を出してくれた母に、僕はノートパソコンをずらして画面を見せた。

「母さん。僕、これに応募《おうぼ》するから」

「え? なに」

母は目を細めて、僕が開いたページを見つめる。眉《まゆ》を寄せて、エプロンの右ポケットから老眼鏡を取り出した。真剣《しんけん》な目で画面上の文字を追い、それから僕の顔を見つめた。

「冗談《じょうだん》でしょ?」

「本気」

「うそ。だって、これってあれでしょ？　全国の中高生が集まってバトルして、チャンピオンを決める、テレビでやってるあの」

「お笑《わら》いルーキーグランプリ」

「そう、それ。え？　尚太郎《なおたろう》、本気でこれに出たいの？」

僕《ぼく》はうなずく。

「なんで？」

「チャンピオンになりたいから」

「誰《だれ》と出るの？」

「ひとりで出る」

「本気なの？」

「本気」

「……へぇ。よくお笑い番組見てるから、好きなんだろうなぁとは思ってたけど、まさかやる側になりたいとはね、びっくり」

もしかして反対されるかな。

あなたには無理でしょ。そう言われるかもしれない。

なんていったって、僕《ぼく》は極度のあがり症《しょう》なのだ。

保育園のお遊戯会《ゆうぎかい》のときは、緊張《きんちょう》しすぎて舞台上《ぶたいじょう》で大泣きしてしまい、終始、先生に抱《だ》っこされたままだった。（いまだにその映像がホームビデオにしっかり残っている）

小学校の学芸会も、震《ふる》えてセリフが言えないという理由で、いつもセリフのない役まわりだった。効果音担当とか、舞台セット担当とか。

そんな僕が、全国放送、しかも生放送のお笑いコンテストに出たいと言う。

しかも、たったひとりで。

どう考えても、無茶苦茶な挑戦《ちょうせん》だ。

「いいんじゃない？　がんばってみたら」

老眼鏡をかけたままの母が、そう言って笑った。

「ねえ、あれってひとりでも出られるんだっけ？」

「うん。ピンでもコンビでもトリオでも、出場権利はある。ただ、例年決勝に残るのは圧《あっ》倒的《とうてき》にコンビみたい。ひとりで挑戦は、結構ハードル高いと思う」

「そうなの？　だったら誰《だれ》か相方探せばいいのに。いないの？　文芸部の仲間とか、クラスメイトとか」

「…………」

いる。

相方はもうちゃんと。

「今はひとりでやってみたいんだ」

僕《ぼく》の相方はアツだけ。あいつの居場所は、しっかり空けておきたい。

そう、と母はあっさり言うと、

「それより早く食べないと。学校遅《おく》れちゃうわよ」

僕はあわてて朝食の目玉焼きにフォークを突《つ》き刺《さ》す。じわりと流れ出た黄身は、なんだか昨夜見た満月の色に似ていた。添《そ》えてあるベーコンといっしょに、かぶりつく。

さあ、これから始まる。

――お笑《わら》いルーキーグランプリ。

日本全国の中高生なら誰《だれ》でも応募《おうぼ》できる、お笑いコンテスト。

漫才《まんざい》、コント、落語、フリップ芸。「笑い」に関するネタならジャンルを問わない。

一組に与《あた》えられた持ち時間は三分。

毎年約二千人の応募者《おうぼしゃ》があり、一次、二次、三次と熾烈《しれつ》なオーディションを勝《か》ち抜《ぬ》き、決勝の舞台《ぶたい》に立てるのはわずか二十組。

一次はビデオ審査《しんさ》。二次と三次は関東と関西にわけられたブロックで競《きそ》う。

決勝は、東京のテレビ局で行われ、全国に生放送される。

しょせん、素人《しろうと》中高生のお笑いコンテストなんてたいしたものじゃないだろう、と思う人もいるかもしれないが、数々の人気お笑い芸人を輩出《はいしゅつ》してきたハイレベルな舞台で「お笑《わら》い甲子園《こうしえん》」とも呼ばれるほど、熱き戦いが毎年繰《く》り広《ひろ》げられる。

お笑い好きの学生なら、誰《だれ》もがチェックすることはまちがいない人気番組でもある。

そして、決勝はアツが熱狂的《ねっきょうてき》にリスペクトしているコンビ、「長靴《ながぐつ》クリーニング」が司会者。

必ず、この番組をあいつは見る。

だから、とにかく僕《ぼく》は、決勝に残らなくてはいけない。

アツに「届く」ネタを、記憶《きおく》を失っているあいつを、揺《ゆ》さぶることができるようなネタを作る。

今まで読書をしていた休み時間だけじゃない、放課後も、とにかく使えるすべての時間を、僕《ぼく》はネタ作りにあてた。

あの小さな赤いノートに、新たに僕が「紅白温度計《こうはくおんどけい》」のネタを書きこんでいく。

「なーんか熱心すね、チバ様」

顔を上げると、ポケットに手を突《つ》っこみ、にやついた根岸《ねぎし》が立っていた。

「……なに？」

以前の僕だったら、びくびくして声も出せなかっただろう。

だけど今は不思議とちっとも怖《こわ》くない。

根岸のことだけじゃない、教室で起こるいろんな出来事が、もはやとても小さく感じていた。世界は広いんだ、ここでの自分の評価なんて、もう別にどうなったっていい。腹をくくったというのか、開き直ったというか。

とにかく、もう堂々とひとりでいようと決めたのだ。

「なんか最近、調子乗ってないすか？　チバ様」

僕の目に「おびえ」がなくなったことが、根岸にはわかったのかもしれない。不敵な笑《え》みを浮《う》かべながら、じりじりと近づいてくる。

教室の後ろのほうで、根岸の仲間たちが様子をうかがうようにこっちを見ていた。他のクラスメイトも、おそらくこちらに気づいてはいる。けれどみんな、見て見ぬふり。面倒《めんどう》くさい。

はっきりと、心の中でそう思った。

元はと言えば、根岸たちが僕《ぼく》をひとりに追いこんだんじゃないか。ひとりになんかなりたくなかったのに、「チバ様」と嫌味《いやみ》を言われ、僕はひとりにならざるを得なかった。

それなのに、僕が「堂々とひとりでいよう」と決意したとたん、今度はそれが「調子に乗っている」？

僕は、無視することに決めた。

ネタ作りの続きを書こうと、もう一度ノートに向き直る。

「おいおい無視すんなよ～、あいかわらず上から目線っすか。さすがチバ様」

無視しろ、無視だ。

僕には、広い世界が待っている。

唇《くちびる》をぎゅっと結んで、シャーペンを握《にぎ》りしめた。

次の瞬間《しゅんかん》。

ばっと目の前に根岸の手が伸《の》びた。

「あっ」

「見せてくださいよ～。えー、なになに」

一瞬《いっしゅん》の間に、ノートは根岸の手の中。

体に緊張《きんちょう》が走った。

読まれる。

根岸はノートの文字に視線をすべらして、ぶはははっとすぐに吹《ふ》きだした。

「うっわやば！　なにこれ、お笑いのネタじゃん。なになに、チバ様って芸人になりたいんすか？」

根岸は僕《ぼく》の返事も聞かずに、ノートを持って教室の後ろにいる仲間たちのところへ向かう。

「チバ様が、お笑いのネタ書いてらっしゃるんだけど」

「マジかよ、見せろし」

「どうもー、紅白温度計ですーだって。ダッセ！　名前ダッセ！」

ぎゃはははっと、根岸たちの笑い声が重なる。

うっわ、おもしろくなさすぎて逆にすげぇ、と腹を抱《かか》えながら笑っている。

ああそうか、と僕《ぼく》は思った。

世の中には、こういう「笑い」も存在するんだ。

人をばかにして、こきおろす笑い。

「かねやま本館」で、小夜子《さよこ》さんやキヨ、あそこに集まった中学生たちがくれた、あの笑い声とはぜんぜん違《ちが》う。

これは、まったく別物の「笑い」だ。

根岸たちが笑えば笑うほど、僕はどんどん冷静になっていく。ノートを読まれると思ったときこそ体がこわばったけど、怒《いか》りはもはや湧《わ》いてこない。

「見てもいいけど、読み終わったら返して」

自分で花マルをつけたいくらい、良《い》い声が出た。冷静で、おだやかで、でもちゃんと芯《しん》がある。そう、小夜子さんのような。

根岸から笑顔《えがお》が消えた。

「あ?」

こめかみが震《ふる》えている。怒《おこ》っているときのサインだ。あのときも、募金《ぼきん》のときもこうだった。

根岸がノートを右手で掲《かか》げた。

「ほれ、お返ししますよ」

ぶんと、赤いノートは宙を舞《ま》い、思いっきり僕《ぼく》の首に当たって、床《ゆか》に落ちた。

「チバ様ったら、やだなぁ。ちゃんととってくださいよ～」

僕はしゃがみこんで、ノートを拾った。

かまっている暇《ひま》は、ない。

立ちあがり、自分の席に戻《もど》る。

いつの間にか静まりかえっていた教室で、この一連の流れの視聴率《しちょうりつ》は高かったようだ。

「ちょっと、根岸たちやりすぎじゃない？」

「チバくん、がまんしてえらいね」

近くにいた女子数人が、ささやきあうのが聞こえた。

僕はノートを鞄《かばん》にしまい、ルーズリーフを一枚取り出した。これからはこっちに書いて、家でノートにまとめよう。最初からそうしておけばよかったと、後悔《こうかい》がちらりと胸をよぎる。だけど、その気持ちはすぐにかき消すことにする。

カチカチとシャーペンをノックして、新しいルーズリーフに、僕はもう一度ネタを書きはじめた。

根岸たちは、しばらくこっちを見てはいたけれど、教室の空気を察したのか、もうそれ以上はなにも言ってこなかった。

僕《ぼく》は、強くなる。

こんなところで止まっている場合じゃない。

舞《ぶ》台《たい》

夏休み中に行われた一次のビデオ審査《しんさ》。次いで関東ブロックで行われた一次予選、二次予選。

さらに、九月末に開催《かいさい》された三次予選も、僕《ぼく》は見事通過することができた。

そしていよいよ明日は東京のテレビ局での決勝戦。

僕は〈アッちゃん〉を手にとり、手袋《てぶくろ》のように右手にすぽっとはめた。

〈アッちゃん〉は、僕がフェルトで手作りした、赤毛の男子のパペット人形。

本当はもっとアツに似せた顔にしたかったのに、裁縫《さいほう》の苦手な僕にはこれで精一杯《せいいっぱい》だった。貼《は》りついたような赤い髪《かみ》に、極端《きょくたん》な吊《つ》り目《め》。

二次予選でも「シュールな相方だね」と審査員に言われたほど、ピカソの絵にでも出てきそうな人形になってしまった。だけど、それがまた個性的でいい、と誉《ほ》めてくれる別の審査員《しんさいん》もいたので、結局お直しすることなく今日に至る。

「どーもー、紅白温度計《こうはくおんどけい》でーす」

〈アッちゃん〉を右手で動かしながら、僕《ぼく》は声を出す。

かん高く響《ひび》く声。自分からこんな声が出るなんて、ついこの間までは知らなかった。

相方は作らない。ひとりでやる。

そう決めたけど、やっぱりどうしても「紅白温度計」というコンビ名で、アツとふたりで作ったネタを披露《ひろう》したかった。

だからひとまず、このパペットにアツの代わりをやってもらうことに決めた。

アツの声を思い出しながら、アツの分のセリフも僕が言う。温度差があるのが「紅白温度計」のウリだから、僕の地声とはかなり声質を変えて演じる。

予選では、他の人のネタを見ることができた。

やっぱり圧倒的《あっとうてき》にコンビで出場する人が多い。プロ顔負けの漫才《まんざい》をする高校生もいて「うまいなぁ」と審査員をうならせるコンビが何組もいた。

その中で、妙《みょう》なデザインのパペットで、ひとりでネタをする僕。

それなのに、予選では、まったくと言ったらウソになるけど、思ったよりも緊張《きんちょう》しなかった。

すべては、イメージトレーニングのおかげだったと思う。

ずらりと並ぶ審査員《しんさいん》は、著名な芸人、テレビ局のプロデューサーや脚本家《きゃくほんか》、放送作家など、ものすごいメンバーだった。

少しでも気を抜《ぬ》いたら緊張してしまう。そう思った僕《ぼく》は、目の前に並ぶ審査員の顔に「かねやま本館」で出会った人たちの顔を重ねてイメージした。

小夜子《さよこ》さん、キヨ、休憩処《きゅうけいどころ》で会ったみんな。

アツといっしょに「かねやま本館」でやったネタ見せ。あのときのことを思い出す。

あれといっしょだ。大丈夫《だいじょうぶ》。もし、すべっても、セリフをかんでも、ここは「安全」な場所だ。そう思うと不思議と緊張せず、堂々とネタをすることができたのだ。

よし、と立ちあがり、〈アッちゃん〉を、赤いノートといっしょにリュックサックに詰《つ》めこんだ。

待ちに待った決勝戦が、ついに始まる――。

そして、僕《ぼく》は決勝の舞台《ぶたい》に立った。

三次予選までとは違《ちが》い、テレビ局の大きなスタジオには、審査員《しんさいん》だけでなく一般《いっぱん》のお客さんの観覧席まで用意されている。

今まではイメージトレーニングで緊張《きんちょう》せずに乗り切ってこれた僕も、見たこともないようなたくさんの機材、きらびやかなセット、まぶしい照明。はじめて経験するテレビの世界に、さすがに心臓が口から飛び出しそうだった。

舞台袖《ぶたいそで》では、自分たちの出番ギリギリまで出演者たちがネタ合わせをしていた。予選の段階で「うまいなぁ」と審査員から絶賛されていたコンビ以外にも、たくさんのコンビやトリオがいる。

決勝に残った二十組。そのほとんどが高校生だった。

中学生で、さらにピン（ひとり）で勝負するのは僕だけ。高校生たちはみんな大人のようにたくましく見えて、僕だけがこの場所でぷかりと浮《う》いているみたいに感じる。

口の中が酸《す》っぱくなった。

だめだ、どうしても緊張がおさまらない。

〈アッちゃん〉をはめた右手が、手汗《てあせ》でぐっしょりと湿《しめ》っていた。

僕《ぼく》の出番まで、もうあと一組。

どっと、舞台《ぶたい》から笑い声が聞こえた。

ああ、ウケてる。

今まではどんなに前の人たちがウケていても、自分は自分だと思えていたはずなのに、ものすごく気になる。

パニックになりそうだ。

頰《ほお》をふくらませてから、一気に息を吐《は》き出《だ》す。

そのときだった。

僕の耳に、かすかに、けれどたしかに聞こえたのだ。あの懐《なつ》かしい声が。

（チバ、がんばれ、がんばれ）

小さなキヨの、精一杯《せいいっぱい》のエール。

（どんなことでも、あなたにはできます。見つけるんです、世界を変える方法を）

はっきりと響《ひび》く小夜子さんの声。それと同時に、背中がぐうっと温かくなった。

ひとりじゃない。

みんな応援《おうえん》してくれている。

一組前の出演者のネタが終わった。ありがとうございましたー、という元気な声とともに、会場から拍手《はくしゅ》が湧《わ》きあがる。

僕《ぼく》はごくん、と唾《つば》を飲みこんだ。

〈アッちゃん〉をもう一度、右手にぐっとはめ直す。

ジャカジャカジャカジャカと、にぎやかな入場の音楽が会場に鳴《な》り響《ひび》く。

「エントリナンバー1429　紅白温度計！」

まぶしいライトに照らされた舞台《ぶたい》に、僕は前のめりに飛びこんだ。

背中にはあいかわらず温かいぬくもりを感じる。それに押《お》されるように、センターマイクまで一直線に走りよる。

〈アッちゃん〉をしっかりと胸元《むなもと》に掲《かか》げて、いっしょにお辞儀《じぎ》をした。

顔を上げ、目を見開き、正面のカメラに向かって思いっきり喉《のど》を開く。

「どうもー、紅白温度計です！」

ちゃんと声が出た。今まででいちばん、張りのある大きな声だ。

カメラの向こう側にいる、アツ。

信じてるからな、おまえは絶対「紅白温度計」を見つけ出してくれる。

このパペットは、ただの代理で、僕《ぼく》の隣《となり》にいなきゃいけないのは、本当はおまえなんだ。

いいか、ちゃんと見てろよ。

これが僕たちの、「紅白温度計」だ――。


「僕はチバ、そしてこっちが相方の赤毛のアッちゃんです。今日はぜひね、名前だけでも覚えて帰ってくださいー！」

「さあ今日もふたりで元気に漫才《まんざい》やっていきましょう！　いやあ、チバさん。俺《おれ》らも早いもんでもう中学二年生ですよ。信じられます？」

「時の流れはあっという間だねぇ。小学生の頃《ころ》なんて、中学生はすっごい大人だと思ってたもんね」

「この調子じゃすぐ高校生ですよ。高校といえば憧《あこが》れるのが学食」

「そうそう、憧れるよなぁ、学食って！　でも僕、人見知り激しいから、ちゃんと学食のおばちゃんと仲良くなれるのかが心配で」

「え、そこ？　なにおまえ、おばちゃんとの人間関係気にしてんのかよ。じゃあちょっとここで練習しとく？　俺、学食のおばちゃんやってやるから、おまえ高校生やってみ」

「悪いねぇ」

「友達じゃねえか、お安い御用《ごよう》だ」

「……さあ、いよいよはじめての学食だ。入ってみようっと」

「おっ、新入生かい。なんでも好きなもの頼《たの》みな。全部おまえさんの自己負担だよ」

「そりゃそうでしょ。ユニークなおばちゃんだなぁ。えーっと、なんかおすすめみたいなのってあります？　一番の人気メニューみたいな」

「そうねぇ、一番人気といえばア・タ・イ」

「うわ、出たおばちゃんギャグ。どうしよう、とりあえず乗っておくか。じゃあ僕《ぼく》も、一番人気のおばちゃん頼んじゃおうかなっ」

「え……」

「うわ、めっちゃ引いてる。なんでなんで」

「アタイって、温かいイモ。つまりフライドポテトのことなんだけど」

「なんだよ、それ！　乗っちゃったこっちが恥《は》ずかしいわ！　ていうかフライドポテト、そんな呼び方しないから。まあいいや、じゃあ無難にカレーにします」

「ああっ、残念。ちょうどさっき終わっちゃったのよ。あ、でもおばちゃんの食べかけでよかったら提供できるけど」

「やだよ！」

「それなら、カレーうどんはどう？」

「あ、カレーうどんのルーはまだ残ってるんですね」

「おばちゃんの食べかけだけど」

「それ、さっきのやつだろ！　他になんかないんですか？　カレー系以外で」

「牛丼《ぎゅうどん》はどう？」

「じゃあそれで」

「あー、でも今日は出せないの。牛丼担当のヨシエがおへそ曲げて帰っちゃったから」

「なんだそれ！　どうしたヨシエ！」

「まあ、アタシが悪いんだけどね。ヨシエにはやってないって言ってたのに、ないしょでやってたから……」

「なにを？」

「ふるさと納税《のうぜい》」

「いやそれは別にいいだろ！　ってか、なんでないしょにしてたんだよ！　ああもう、なんでもいいから早く出してくださいよ、昼休み終わっちゃうじゃん」

「もう今日は天ぷら蕎麦《そば》しかないのよ」

「それ最初に言ってよ。じゃあ、天ぷら蕎麦でいいです」

「はいよ。四百円ね」

「千円札でお会計お願いします」

「ごめんなさい。今、小銭《こぜに》切らしてて、お釣《つ》りの代わりにこれでもいい？」

「これって、なんですか？」

「校長先生が忘年会《ぼうねんかい》でサンバ踊《おど》っている写真」

「陽気な校長だな！　って、この写真に六百円の価値はないだろ！」

「あんたばかね。校長先生にこの写真チラつかせて、成績上げてもらいなさいよ」

「なんだよ急に小声になって、悪いオバサンだな！　校長も撮《と》られて困るくらいなら、サンバなんてやめちまえ！」

「やだもう、おばちゃんジョークよ。はいお釣りの六百円。全部一円玉になっちゃってごめんなさいね」

「それはほんとにごめんなさいだよ！　いや、もういいよ！」

「どうもー、ありがとうございました！」

〈アッちゃん〉を汗《あせ》だくの僕《ぼく》の顔の横に掲《かか》げる。

そのまま思いっきり頭を下げた。

客席からわあっと大きな拍手《はくしゅ》が湧《わ》きあがる。

必死になりすぎて、ウケていたのかどうかすら、もうよくわからない。

でも、全力でやれた。ひとつも台詞《せりふ》を飛ばすことなく、アツの分もやりきった。はあはあと息が切れる。今頃《いまごろ》になって、ふくらはぎがぶるぶる震《ふる》える。

アツと作った何個かのネタの中から、このネタを選んだのには理由がある。

豪快《ごうかい》で、とぼけてて、あたたかくて、どうやっても憎《にく》めない。

そんな「おばちゃん」のキャラクターを、どうしても届けたかったのだ。

まさに銀山《かねやま》先生のような。

ひとりでふたり分演じなくてはいけないから、ネタはもちろん改編したけど、基本的な部分はあえて変えなかった。

どうか、このネタを見たアツが「なにか」を感じてくれますように。

たとえ思い出すことができなくても、「かねやま本館」での温かい気持ちが、ふっと心によみがえりますように。

あえて「高校生」の設定にしたのにも意味がある。

アツにとっても、僕《ぼく》にとっても、「中学生」である「今」は、正直けっして楽しいものではない。だけど、これからは違《ちが》う。くだらないことでげらげら笑いあえる、そんな未来が僕らを待っている。だから、心配いらない。

心配いらないからな、アツ。

次の出演者がスタンバイしているので、僕は急いで顔を上げた。小走りで舞台袖《ぶたいそで》へと向かいながら、客席をチラ見する。

――あ！

スタジオのいちばん後ろ、分厚いドアの前。

そこに立っていたのは、真っ白な白衣を着たオバサン。

本当に一瞬《いっしゅん》だった。

瞬《まばた》きをしたらもう、姿は消えてしまっていた。

幻覚《げんかく》だったのかもしれない。

だけど、僕《ぼく》には見えたんだ。

白衣のオバサンが、ふっくらとした手を掲《かか》げて、盛大《せいだい》に拍手《はくしゅ》をしている姿が――。

健闘《けんとう》むなしく、二十組中、十六位という微妙《びみょう》な結果に終わった。

チャンピオンにはほど遠いものだったけど、それでも「謎《なぞ》の人形」と漫才《まんざい》をする中学生として、それなりに爪痕《つめあと》は残せたと思う。

「完成度も高いし演技力もあるんやけどなぁ、なにかが足りひん。なんなんやろなぁ」

審査員《しんさいん》からの評価は、僕にはとんでもなくうれしいものだった。

「そうなんです！　僕には圧倒的《あっとうてき》に足りないものがあるんです！」

思わず顔を赤らめて、興奮気味に返事をしてしまい、司会の長靴《ながぐつ》クリーニングの近藤《こんどう》さんに、「いや、そこそんな喜ぶところちゃうねん！」とツッコまれた。

おおっ！

喜びで、全身に鳥肌《とりはだ》が立った。

アツ！　僕今、近藤さんにツッコまれたぞ！　おまえの大好きな、尊敬する近藤さんに！

僕は、ここにいる。来年も、必ずこの場所に来る。

だからいいか、絶対におまえも来い。

この場所めがけて、全速力で走ってくるんだ――。


週明けは「あのチバが、お笑《わら》いルーキーグランプリに出場した」と、学校じゅうが大騒《おおさわ》ぎだった。

クラスメイトだけじゃなく、他クラスの人たちまでが次々に声をかけてきた。

「なんだよチバ。あんなにおもしろいやつだったのかよ」

「なあ、芸人さんたちと生で話した感じ、どうだった？」

「ふだんとキャラ違《ちが》いすぎて、最初チバだって気づかなかったよ！」

まるで昔からの親友のように、急になれなれしく話しかけてくる人たちの中で、根岸《ねぎし》だけがあいかわらず僕と、からもうとはしなかった。

一度「嫌《きら》う」と決めた人間なんだから、なにがあっても認めない。そんな徹底《てってい》した意地のようなものを、根岸から感じた。

「ぜんっぜんおもしろくなかったよなぁ！　よくできるよな、あんな恥《は》ずかしいこと！」

そう言って、僕のネタを真似《まね》して、さんざんばかにしてきた。

でも僕《ぼく》は、急に態度を変えてくる人たちよりも、そんな根岸によっぽど好感を持った。

なんだ、なかなか筋の通ったやつじゃないかと、見直したくらいだ。

そして、そんなふうに思えるようになった自分に、いちばんびっくりした。

こうやって変わってくんだ。どんどんどんどん。

教室の窓から、僕は校庭を見下ろした。

赤く染まった桜の木の葉が、秋風にそよそよと揺《ゆ》れている。そこに小さな鳥がやってきて、しばらくしてから飛び立ち、今度はまた別の鳥が来て枝に止まった。桜の木は、どしりとしたまま、いつまでも変わらずにすべてを受けとめている。

雲ひとつない澄《す》みきった青空が、どこまでも広がっていた。

あの色だ。

青空を見つめながら、僕は気づく。

あそこで借りていた、空色の甚平《じんべい》の色と同じだ。

きっと、今頃《いまごろ》どこかで鳴っているだろう、懐《なつ》かしい鐘《かね》の音を思い出す。

ゴォォォン。

背中がほんのり温かくなったように感じたのは、僕の気のせいだろうか。

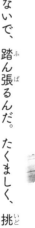

いぼ結び

（いいかい、すぐに結果なんて出ない。あきらめないで、踏《ふ》ん張《ば》るんだ。たくましく、挑《いど》み続《つづ》けるんだよ）

銀山《かねやま》先生のあの言葉は、やっぱり正しかった。

翌年。
僕《ぼく》はアツと作っていたネタをベースに、さらに完成度を上げて挑んだ。そして、なんとか再び決勝戦に残ることができた。
予選からずっと、どこかにアツがいるんじゃないかとそわそわしていたけれど、結局、その姿を見つけることはできなかった。
審査員《しんさいん》からは「確実に去年よりレベルアップはしてるけど、いまひとつなにかが足りない」と評価され、結果は十四位。

チャンピオンになれなかったことよりも、アツに会えなかったことのほうが、ずっとずっとショックだった。


（あきらめないで）


銀山先生の言葉を胸に挑《いど》んだ三年目。

僕《ぼく》は高校一年生になっていた。

進学した県立高校には学食こそなかったけど、僕のお笑いを応援《おうえん》してくれる友達がたくさんできた。

中には「紅白温度計《こうはくおんどけい》」のネタを完璧《かんぺき》に暗記してくれていて、ここはもっとこうしたほうがいいんじゃないか、とかアドバイスをくれる人もいた。なんなら俺《おれ》が相方になってやろうか!?　と志願してくれる人もいた。気持ちはすごくすごくうれしかったけど、僕はていねいにそれを断った。

相方はもう、決まっているから。

〈アッちゃん〉はすっかりくたびれてしまったので、もう一度作り直した。以前より器用になったのか、〈二代目アッちゃん〉はなかなかの出来で、本物のアツの顔にちょっと近づいた気がした。

この年も、僕《ぼく》は決勝戦に残ることができた。

三年連続で決勝に残ったのは、番組史上初の快挙らしい。長靴《ながぐつ》クリーニングの近藤《こんどう》さんは「まあでも、十二位やけどな」と、付け足して笑った。

アツの姿は、この年も、どこにもなかった。

〈踏《ふ》ん張《ば》るんだ〉

翌年は、今までになく厳しい戦いだった。

三年連続で決勝に残った僕には「シード権」というものが与《あた》えられて、三次予選からのスタートだったけど、これがまれに見るハイレベルだった。

もうプロといってもいいほど巧《たく》みな技術を持つコンビや、新しい切り口で攻《せ》めるトリオ。舞台袖《ぶたいそで》で見ていても笑い転げてしまうような、そんなネタがこれでもかと続いた。

すがりつくような必死さで、それでもなんとか決勝に残ることができたけど、結果は十八位。今まででいちばん低い順位だった。

「三年前からずっと言っててんねんけど、やっぱりなにかが足りひんねん。それ見つけないかぎりは、紅白温度計は進まれへん」

もう顔なじみになった審査員《しんさいん》には、ばっさりとそう言われた。

足りないものは、わかっている。

この年も、アツは現れなかった。

どんなことがあっても、目印であり続けると決意していたのに、さすがに不安がよぎる。

アツは、もうお笑いを見ていないのだろうか。それとも、見ていても、なにも感じていないのか。

この方法しかないと、ずっとそう思っていたけれど、本当にこれで合っているのか？

僕《ぼく》がすべきことは、本当にこれでいいんだろうか？

（たくましく、挑《いど》み続《つづ》けるんだよ）

以前の僕《ぼく》だったら、とっくに音《ね》をあげていたと思う。

だけど僕は、挑《いど》み続《つづ》けた。

ここであきらめてたまるかと、歯を食いしばった。

自分を、アツを、そして、「紅白温度計」の未来を信じて。

そして、
ついに迎《むか》えたラストイヤー。

「お笑《わら》いルーキーグランプリ」の出場資格は中高生。つまり高校三年生までしか、参加資格は与《あた》えられない。

「無冠《むかん》の孤高漫才師《ここうまんざいし》。悲願の王座に輝《かがや》けるか!?」

予選が始まる前から、インターネットで記事が取りあげられるほど、僕の最後の挑戦《ちょうせん》は注目を浴びていた。

「今年こそ優勝だな」

家族も友人たちも、そう言って応援《おうえん》してくれた。

だけど僕は、みんなとは違《ちが》うことを願っている。

今年こそ、今年こそどうかどうか、

あいつに会えますように――――！

「いやぁ、夢みたいっすよー！　紅白温度計さんに憧《あこが》れて、俺《おれ》ら漫才《まんざい》始めたんです！　握《あく》手《しゅ》してもらっていいですか？　うわぁ、マジ感動だわぁ」

決勝が始まる二時間前。出演者用控《ひか》え室《しつ》では、僕《ぼく》の周りに人だかりができていた。初出場の人たちにとっては、連続出演の僕は、ちょっとしたスター扱《あつか》いなのだ。

「そんなそんな、ありがとうございます……」

笑顔《えがお》で対応しながらも、僕の意識は別のところにある。次々と控え室に入ってくる顔ぶれの中に、アツの姿を必死で探す。

もう何年もたっているけど、ちゃんとあいつの顔は、はっきり覚えている。

さすがに髪《かみ》の色は変わっているかもしれないけど、どんな髪型《かみがた》だろうが、太ってようが痩《や》せていようが、僕にはきっとわかる。そういう自信がある。

「出演者のみなさん、もうそろってますね」

スタッフさんが顔を出したとたん、控え室の空気がきゅっと締《し》まる。

「あと十分ちょいで始まるんで、準備お願いしまーす」

「はーい！」

いよいよ始まるなぁ。

めっちゃドキドキするわー。

周りが緊張感《きんちょうかん》でざわつく中、僕《ぼく》は呆然《ぼうぜん》と天井《てんじょう》を見上げた。

いない。

やっぱり、今年もいない。

どこにも、あいつはいないない。

まだ舞台《ぶたい》はこれからなのに、今から始まるのに、頭の中が真っ白になる。

気持ちを落ち着けようと、前髪《まえがみ》を両手でかきあげた。

長いこと張りつめていた気持ちが、今こそぱつんと切れそうだった。

僕は、どこに向かって走っていたんだろう。

自分が走り続けていれば、アツはきっとここに来てくれるって、そんな不確かな未来を、なんで確信できたんだろう。

毎年毎年、アツの姿がないことを目の当《ま》たり《あ》にするたびに、言葉にできないほど落ちこんだ。それなのにどうやって自分が立ち直ってこられたのか、今はどうしても思い出すことができない。それでも心のどこかではちゃんとわかっている。

きっと僕《ぼく》はまた立ちあがる。あいつに会えるその日を夢見て、何度でも何度でも。

はあ、と息を吐《は》く。

今年こそ会えると思ったのにな。

今この瞬間《しゅんかん》くらいは、落ちこんでもいいよな。それくらいは、自分に許してあげたい。

「あの……、紅白温度計さんですよね？」

声をかけられて、はっとして振《ふ》りむいた。

遅《おく》れて到着《とうちゃく》した出演者が、僕の目の前に立っていた。

「やっぱそうだ！　俺《おれ》、中二のときにテレビで見て、この人に絶対会いてぇーって思って、ずっとチャレンジしてきたんですよ！　いや、マジで尊敬。五年連続決勝進出でしょ!?　俺なんて中三からチャレンジして、今年四度目の正直っすよ!?　やっと、ほんとやっとのことで、ここまで来られたんですから。それまではずっと一次とか二次で敗退だったんで。あのぉ～、握手《あくしゅ》してもらってもいいっすか？　ここからはライバルだけど、それでもやっぱ、ずっと俺《おれ》の目標の人だったんで！」
そう言って、差し出された右手。
厚くて大きい、体温の高そうな手。

（いぼ結び）

小夜子《さよこ》さんの声が、頭の中で反響《はんきょう》する。

（一度結ぶと、緩《ゆる》むことはけっしてありません。囲炉裏《いろり》の煙《けむり》でいぶされて、むしろ年数がたてばたつほど結び目が強くなっていくんです）

僕《ぼく》が手を差し出すと、見事に赤く染められた髪《かみ》を揺《ゆ》らしながら、うれしそうに、やつが笑った。

「やっと会えたわー！　本物の紅白温度計」
こらえようとした言葉が、どうしてもこみあげてくる。

「……それはこっちのセリフだよ」
僕《ぼく》の言葉に、赤毛がきょとんと首をかしげる。
頭がくらくらする。思考がまとまらない。
ああ、やっとだ。
握《にぎ》りあった右手が熱い。
やっと、ここから始まるんだ――――。

エピローグ

「俺様《おれさま》のネタ帳《ちょう》」

どーもー、はじめましてー。

俺《おれ》の名前は、長部《おさべ》篤哉《あつや》。

漫才《まんざい》コンビ「紅白温度計《こうはくおんどけい》」のボケ担当、「赤毛のアッちゃん」といえば、この俺。

そして、ツッコミ担当は、色白クールボーイこと、千葉尚太郎《ちばなおたろう》。相方のことは「色白のチバ」って呼んでもらえればうれしいです。

ぜひ、今日は名前だけでも覚えて帰ってください～！

さて、ご存知の方もいらっしゃると思うんですけど、うちの相方のチバは、最初ピン芸人だったんですよ。手作りの不気味なパペット人形と漫才する～っていう独特の芸風で、「お笑《わら》いルーキーグランプリ」決勝の常連だったんです。

俺《おれ》が最初にチバを見たのも、その「ルーキーグランプリ」のテレビ越《ご》しでした。あの頃《ころ》、実は俺、結構すさんでたんですよね〜。自暴自棄《じぼうじき》ってやつ、まさにあれでした。母親が精神不安定で、いわゆる毒親《どくおや》だったんです。もう学校に乗りこんでくることなんてしょっちゅうで、友達にまで毒吐《は》いたりして。ああもう俺の人生終わったなって、毎日鬱々《うつうつ》として過ごしてたんですよ。もうグレてやろうかなって、髪《かみ》もそのとき赤く染めたしね。

でもね、結局俺って根が真面目なんで（自分で言っちゃう！）グレるどころか母親に反抗《はんこう》すらできなくて、ストレスためまくり。

そのうち学校にも行けなくなって、自分の部屋にこもってひたすらテレビとラジオ。完全な引きこもりでした。あの頃から「長靴《ながぐつ》クリーニング」さんの大ファンだったんで、ずっと「長《なが》クリ」さんの番組見てましたね。あれが心の救いだったな。「お笑《わら》いルーキーグランプリ」も、「長クリ」さんが司会だったんで、もちろん見てたんです。すげぇなぁ。俺はこんなところで引きこもってるけど、同じ年代の子たちで、こうやってテレビでネタ披露《ひろう》できる子もいるんだなぁって、ちょっと卑屈《ひくつ》な気持ちになりながらも、かじりつくように見てました。

どのネタもおもしろかったんですけどね、チバが変なパペット人形と出てきたとき、俺《おれ》、ガッシャーンって頭の中でなにかが割れたような気分になって。

うっわ、なんだよこいつ、すっげぇおもしろいじゃん！　って思いました。

学食のオバチャンのネタだったんですけど、そのキャラが最高だったんですよ。なんかトボけた憎《にく》めないオバチャンで、チバとパペットのかけあいも絶妙《ぜつみょう》！　もうお腹抱《なかかか》えてゲラゲラ笑っちゃいました。他のコンビみたいに洗練されたネタじゃなかったんですけど、毒のない笑いっていうか、とにかく俺の好きな笑いだったんですよね。好みドンピシャっつーか。あ、でも今思いかえすと、そんなにおもしろいネタじゃなかったような気が……(笑)。そんなこと言ったらあいつにたたかれそうだけど。

まあとにかく、あのときの俺は、どの出場者よりも、チバがひとりでやってた「紅白温度計」が、いっちばんおもしろいって思ったんです。これはマジで。

こんなおもしろい子がいるんだ。同じ日本で、同じ年齢《ねんれい》で。俺はいったいなにやってんだって、お尻《しり》バッチーンってたたかれたみたいな感じでした。

そうそう。そういえばあのとき、母親のせいでちょうど気まずくなってた鉄太《てった》って友達から、興奮気味に電話かかってきて。

今テレビに出てる「紅白温度計」のパペット人形、おまえに似てない!? って。いやいやいや、たしかに赤毛だし、人形の名前も「アッちゃん」だったけど! さすがに俺《おれ》、あんなブサイクじゃないでしょ～。

でも俺、鉄太が電話くれたこともうれしかったし、その汚《きたな》いパペット人形に似てるって言われたことも、なぜかうれしかったんですよね。

そこから俺、生まれ変わったんですよ。

紅白温度計。

ここが俺の目指す場所だって、体の奥《おく》からあっついものがこみあげてきて!

十日ぶりぐらいにちゃんと風呂《ふろ》に入ったのも、その日でした。

母親がめちゃくちゃ喜んでましたね。引きこもりになった息子《むすこ》に、どう接していいかわかんなかったみたいですよ。やる気になってくれるなら、どんなことでも応援《おうえん》するわっ

て、泣いて喜んでました。

そこからでしたね、うちの母親もお笑いにどっぷりハマったのは。

かなりぶっ飛んだ母親なんですけど、とにかく俺の応援だけは徹底的《てっていてき》にする人なんで、学校行かなくていいからお笑いの勉強しなさいとか言って、大阪《おおさか》の劇場まで連れていって

くれたりして。そのうちに俺《おれ》のほうが「行くに決まってんだろ、学校くらい」って、母親に反抗《はんこう》する格好で、学校に通うようになりましたね。おかしな話でしょ。

ちなみに母親は、あの頃《ころ》から「長クリ」さんの大ファン。今や俺を超《こ》える熱狂的《ねっきょうてき》ファンなんです。「長クリ」の近藤《こんどう》さんがこの間も楽屋で言ってました。おまえの母ちゃん、長クリファンの中で「ボス」って呼ばれてるらしいんやけどって（笑）。すみません兄さん、お世話になってますって謝《あやま》っておきましたけど（笑）。

まあそんな感じで、チバに憧《あこが》れて、俺も「お笑いルーキーグランプリ」に翌年から挑戦《ちょうせん》を始めたわけです。

もちろんひとりで参加です。でもそこはぜんぜん気後《きおく》れしなかったですね。チバがひとりでがんばってるのテレビで見てたんで、俺もひとりでがんばるぞーって、むしろピンで挑戦することに誇《ほこ》り持ってましたから。

ただ俺はチバみたいにセンスがないんで、一次予選敗退ですよ。あれはめっちゃくやしかったなぁー。でもあきらめねぇぞって、気持ちだけはめげませんでしたね。

絶対あいつと同じ舞台《ぶたい》に立つぞって、チバをテレビ越《ご》しに見ながら心に誓《ちか》ってました。

待ってろよー！　って。

でも、翌年も一次で敗退。もうだんだん、チバに会うことが目標みたいになって、どうにかして決勝までいかないとって、必死でネタ作りました。

努力の甲斐《かい》あって、次の年、やっと二次予選までいけたんです！　よっしゃ、これでチバに会えるかもしれないって勇んで会場へ行ったんですけど、あいつ優秀《ゆうしゅう》すぎて「シード権」という最強アイテムを持っている上に、あっちは関東ブロック、俺《おれ》は関西ブロックだったんで、つまり決勝まで行かないと会えないっていう現実。そんで俺は二次で敗退しちゃったんで、結局会えずじまい。あのときほどあいつのことが雲の上の存在に感じたことはなかったなぁ……。

四度目の正直。高三のチャレンジで、やっと決勝進出できたんです。俺、はじめてのテレビ局に興奮しちゃって、ロビーでキョロキョロしてたら時間ギリギリになっちゃったんですよ。それで、大あわてで控《ひか》え室《しつ》のドアを開けたら、いたんですよ！　ずっとテレビで見てたチバが。あのときの感動って、なんかうまく言葉にできないんですけど。

あ、実在したんだって最初に思いました（笑）。俺からしたらテレビの中の人だったんで、本当に目の前にいるのが変な感じして。

すぐに握手《あくしゅ》してくださいって駆《か》けよって、「やっと会えましたよ」って言いました。そしたらあいつが、「それはこっちのセリフだよ」って、そう言ったんです！　謎《なぞ》でしょ？　こっちからしたら、チバはずっと目標にしてた人ですけど、あっちからしたら、俺《おれ》ってはじめて会う「知らないやつ」のはずじゃないですか。今でも「なんであのときああ言ったんだ？」って相方に聞くんですけど「言ってない。おまえの勘違《かんちが》いだ」ってごまかすんです。いや、言ってたけどね、確実に！

まあでもとりあえず、それが俺らの最初の出会いで、そこからコンビ組もうって話になるまではあっという間でしたね。（俺が加入したことで、あのパペット人形はお役ごめんになりました。でも今も、ちゃんとチバの実家に保管されてるみたいです）

コンビ名はそのまま「紅白温度計」を引《ひ》き継《つ》ぎました。そこだけは譲《ゆず》れないってチバが言うんで。俺の髪《かみ》も赤いし（カラーリングですが）、あいつは色白だし、ちょうどぴったりの名前でしたよね。

そっからですよ、俺らの伝説が始まったのは！　つってもお笑いで頂点とったわけでもないし、まだまだここからなんですけどね。

だって、俺らの目標は、お笑いで天下とって世界をひっくりかえすこと。

すべてに絶望してた俺でも、こうやって世界は広がってくんだぞーって、世のチビッコたちにエールを送るのが使命だと思ってやってます。

だからとりますよ、天下。

まあみなさん、見ててください！


「人気雑誌でコラム連載《れんさい》なんて、アツさんも大物になりましたね」

アツの記事が載《の》っている雑誌を見ながら僕《ぼく》が笑うと、髪《かみ》をセットしながらアツが鏡越《かがみご》しに渋《しぶ》い目線を向けてきた。

「おいチバ、おまえは読まなくていいって。恥《は》ずかしいわ！」

今月から始まったアツの連載コラム「俺様《おれさま》のネタ帳《ちょう》」。

今話題のお笑いコンビ「紅白温度計」の今まで、
そしてこれからを、ボケの長部篤哉が語《かた》り尽《つ》くす雑誌の表紙には、なかなかかっこいいフォントでそう記されている。

「大々的に言ったからには、とらないとな、天下」

「あたりめーだよ！　俺《おれ》らの使命ですから！」

「……アツ。ツバが鏡に飛んでる。汚《きたな》いから拭《ふ》いて」

「おいー、おまえは俺の彼女《かのじょ》かよ～、いちいちそういうの言うなよ～」

「清潔感も大事だから、天下とるには」

「ま、そうだな、たしかに！」

「だからツバが……」

楽屋の扉《とびら》ががちゃりと開いて、スタッフさんが顔を出した。

「紅白温度計さん、まもなく出番です」

「「はい！」」

僕《ぼく》たちは同時に立ちあがった。


会場では、一本前のコンビが大きな笑いをとっている。

舞台袖《ぶたいそで》で、僕とアツは出番を待つ。

「今日はセリフかむなよ」

「わかってるって！　何度も言うな～。つーか、俺いまだに毎回緊張《きんちょう》するんだけど、いつになったら慣れるんだか」

「そのフレッシュさが、アッちゃんの良きところです」

「アッちゃん言うなっ、気持ち悪い」

どうもありがとうございましたー。

前のコンビのネタが終わった。

「続いては、紅白温度計！」

大音量のアップテンポの音楽が会場に流れはじめる。

「アツ、行くぞ」

「おう！」

プシューッと、舞台《ぶたい》の端《はし》から白いスモークがたかれる。そこから、まぶしいライトを浴びたセンターマイクまで、僕《ぼく》らは一直線に駆《か》けよっていく。

とたんに湧《わ》きあがる、盛大《せいだい》な拍手《はくしゅ》と歓声《かんせい》。

マイクの前で、シャッキーンとアツがいつもの決めポーズ。どっと笑いが起きる。

「はいっ、どうもー、紅白温度計でーす！」

今さっきのスモークの煙《けむり》が、まだ舞台にゆらりと漂《ただよ》っている。ほんのりと煙《けむ》った舞台は、言いようのない安心感に包まれていた。

大きな笑いの渦《うず》が、会場から次々と生まれていく。

ああ、ここだ。

ここが、僕《ぼく》らの――。

松素めぐり（まつもとめぐり）

1985年生まれ。東京都出身。多摩美術大学美術学部絵画学科卒業。本シリーズ第１巻『保健室経由、かねやま本館。』で第60回講談社児童文学新人賞を受賞。

保健室経由《ほけんしつけいゆ》、かねやま本館《ほんかん》。２

2020年８月３日　第１刷発行
2023年12月14日　第６刷発行

著者――――――松素《まつもと》めぐり
装画・挿画――――おとないちあき
装丁――――――大岡喜直（next door design）
発行者―――――森田浩章
発行所―――――株式会社講談社
〒112-8001
東京都文京区音羽2-12-21
電話　編集　03-5395-3535
販売　03-5395-3625
業務　03-5395-3615

KODANSHA

印刷所―――――株式会社新藤慶昌堂
製本所―――――株式会社若林製本工場
本文データ制作――講談社デジタル製作

N.D.C. 913　239p　20cm　ISBN978-4-06-520419-1